快乐读书吧
·彩图音频版·

统编语文教材推荐书目

田螺姑娘·中国民间故事

韩文智 / 主编

扫我，可以听！

山东人民出版社·济南
国家一级出版社 全国百佳图书出版单位

图书在版编目（CIP）数据

田螺姑娘：中国民间故事 / 韩文智主编. -- 济南：山东人民出版社, 2020.6
ISBN 978-7-209-12798-1

Ⅰ. ①田… Ⅱ. ①韩… Ⅲ. ①民间故事—作品集—中国 Ⅳ. ①I277.3

中国版本图书馆CIP数据核字（2020）第099630号

田螺姑娘·中国民间故事
TIANLUO GUNIANG · ZHONGGUO MINJIAN GUSHI
韩文智　主编

主管单位　山东出版传媒股份有限公司
出版发行　山东人民出版社
出 版 人　胡长青
社　　址　济南市英雄山路165号
邮　　编　250002
电　　话　总编室（0531）82098914
　　　　　市场部（0531）82098965
网　　址　http://www.sd-book.com.cn
印　　装　北京楠萍印刷有限公司
经　　销　新华书店

规　　格　16开（170mm × 235mm）
印　　张　11
字　　数　120千字
版　　次　2020年6月第1版
印　　次　2020年6月第1次
ISBN 978-7-209-12798-1
定　　价　25.00元
如有印装质量问题，请与出版社总编室联系调换。

前言

世间有千万种遇见，遇见花开、遇见缘分、遇见幸运、遇见朋友。在你翻开这本书的瞬间，正是我们的第一次遇见。

曾几何时，在茫茫书海中，我们彼此擦肩而过，有时候，你竟草草地把我丢在一旁。从此，我们之间仿佛隔着浩瀚的海洋，我再也无法与你相遇。为了给你打造一场关于经典名著阅读的视听盛宴，我又经历了一次重塑的过程，铸就了一个崭新的自己，为的就是再次与你相见。

让你爱不释手是我的责任，也是我存在的价值和意义。曾经有人说，阅读中外文学名著，就是在和一位位文学大师对话；阅读他们的每一本书，都是站在了巨人的肩膀上。难道你不想站在巨人的肩膀上欣赏一番别样的美景吗？对于成长中的你来说，选择阅读经典名著一定不会错。阅读经典名著，点亮人生，让你的视野越来越宽广，还能培养你的思考能力和学习能力，帮助你树立正确的人生观和价值观。

为了激发你阅读经典名著的兴趣，更好地感悟经典的魅力，专家们在保证呈现经典名著风貌的基础之上，对我进行了浓缩，意在为你提供一张张步入文学经典殿堂的入场券。

如果你说阅读名著枯燥乏味，我们奉上了精美的内文插画；如果你想提前了解书中的情节，我们设置的“名师导读”栏目足以满足你的好奇心；如果你说对名著内容理解有障碍，我们邀请了名师精心做批注，全程为你答疑解惑；为了帮助你有效地积累优美的词句，我们精心设置了“日积月累”栏目；为了有效提升你的阅读思辨能力，我们还设置了“延伸思考”栏目。

总而言之，所有的编排都是从阅读的兴趣入手，目的就是为了让你在阅读中有所感悟，在阅读中得到提升。

至此，我也要郑重地、完美地呈现属于我自己的谢幕台词：我满载着丰富的内涵和人文思想，传达着人类的憧憬和理想，凝聚着人类最美好的情感，满心期待与你的美丽邂逅！

番外：

都说“书中自有黄金屋，书中自有颜如玉”，我却认为，读书会让你遇见一个更好的自己，这绝对是一件非常值得的事情，不是吗？还等什么？抓紧去遇见那个更好的自己吧！

目录

中国民间故事

梁山伯和祝英台

名师导读

《梁山伯和祝英台》是流传久远、影响广泛的民间传说，讲述的是梁山伯和祝英台凄美的爱情故事，感动了无数的人，被称为千古绝唱。在“女子不能游学”的古时候，祝英台女扮男装外出求学，与梁山伯同窗三年。故事的开篇就充满了无奈的浪漫情怀。二人结拜为兄弟，后又经历了分离和祝英台被迫许配他人等事，二人的爱情之路充满了坎坷，即使后来他们彼此相知相念，也无法成全他们之间的爱情。故事的结尾是二人化蝶，给了这份爱情一个美好的结局。

很久以前，女孩子不被允许外出求学。祝家庄有一个名叫祝英台的女孩，非常想读书，恳求父母说：“女儿可以穿男人的服饰，扮成男人的样子，你们就答应让我去杭州求学吧！”祝家二老只好答应了。❶

❶ 指出古时“女子不能游学”的大环境，这是祝英台女扮男装求学的原因所在。

在路上，祝英台遇到一位叫梁山伯的书生，也是去万松书院求学的，于是二人结伴同行。此后三年，两个人一起读书、一起游玩，感情越来越好，还结拜为兄弟。梁山伯一直不知道祝英台是女子，更不知道

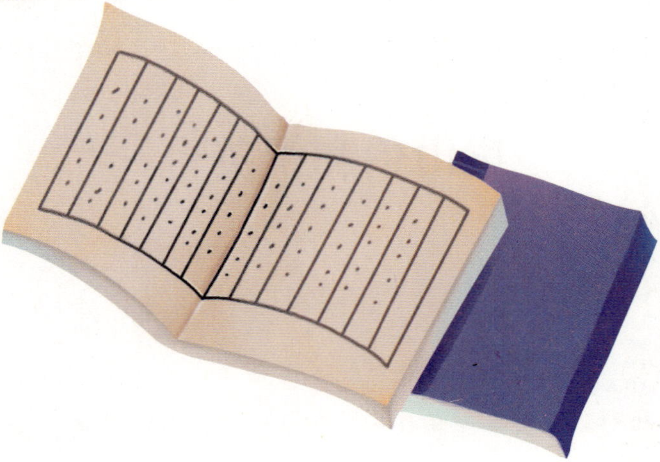

祝英台早已爱上了他。

过了一段时间，祝英台接到家里的信，催促她赶紧回家，两个人只得依依惜别。临行前，祝英台说："梁兄，我有个妹妹，相貌与我相同，我愿意为你做媒，愿你尽快来提亲。"梁山伯高兴地答应了。

回到家以后，祝英台天天盼着梁山伯来提亲，整整等了半年也不见踪影。这时，父母偷偷将她许配给别人，并定下了婚期。

原来，梁山伯因为考试耽误了时间。当他来到祝家庄，见到女子打扮的祝英台时，才知道她说的妹妹就是她自己。可是，一切都晚了！回到家的梁山伯日夜想念祝英台，因思念过度得了重病，不久便去世了。❶

到了出嫁的那一天，祝英台来到梁山伯的墓前痛哭不已。突然，电闪雷鸣，坟头裂开了，祝英台纵身

❶求学三年，梁祝二人早已结下深厚的感情。当得知祝英台是女子并已许配给他人时，梁山伯被思念和痛苦击倒了。两人的爱情太凄美了。

❷通过超现实的幻想情节——化蝶，人们给予了梁祝二人的爱情一个美好的结局。

跳入坟中，坟头又立即合上了。雨过天晴后，祝英台和梁山伯的精魄化作一对彩蝶，从墓中相随飞出，在阳光下翩翩起舞。❷

日积月累

电闪雷鸣　雨过天晴　翩翩起舞

延伸思考

1. 这个故事哪里感动了你？为什么？
2. 用简练的语言概括每一段的段落大意。

田螺姑娘

名师导读

古时候，有个名叫谢端的小伙子，父母双亡，穷得叮当响。某一天，他捡到了一个会变成姑娘的大田螺！原来，田螺姑娘是天仙下凡，她被谢端的忠厚善良所感动，他们后来结为了夫妻，并通过勤劳的双手过上了幸福的日子。《田螺姑娘》是一个家喻户晓的中国民间传说故事，讲述的是一个勤劳、善良的穷小子和天仙——田螺姑娘美好的爱情故事，表达了人们对于美好生活的向往。

有个名叫谢端的孤儿，很小父母就去世了，他在邻居们的帮助下长大。到了十七八岁的时候，谢端不想再给别人添麻烦，自己在山坡边搭了一间小屋子独自生活。

一天，谢端无意中捡到一个大田螺，觉得很神奇，就带回家养在水缸里。第二天，他到田里干活回来，发现桌子上摆满了热气腾腾的饭菜，还以为是邻居李大婶帮忙做的呢。

一连几天，谢端回家都有现成的饭菜吃，

于是他去李大婶家道谢。李大婶莫名其妙地说："不是我做的啊！"谢端又问了几个邻居，都说不是他们做的。他觉得非常奇怪，决心把这件事弄明白。❶

第二天，谢端像往常一样扛着锄头到田里干活。刚近黄昏时，他悄悄溜回家，从门缝向里面看。只见一位美丽的姑娘哼着歌，在屋里忙来忙去地做饭呢！谢端以为自己看花了眼，使劲眨眨眼睛，又掐了自己几下。"哎哟，好疼！看来不是做梦。可是，这是谁家的姑娘呢？"他想。❷

还没等他想明白，只见那个姑娘将饭菜摆在桌子上，然后走到水缸前，忽然不见了。他赶紧推门进屋，围着水缸转了好几圈，水缸里只有他养的那只大田螺，难道是田螺变成的姑娘？谢端连着几天提前回家，终于弄明白了，那位姑娘每天从水缸里跳出来，看来是一个仙女！

有一天，正当姑娘做饭的时候，谢端推门进去，挡在水缸前面。姑娘见被发现了，只得对谢端说："我是田螺姑娘，天帝见你勤劳，派我下凡帮你烧火煮饭，料理家务。只要你种好田，多打鱼，多砍柴，生活会一天天好起来的。"❸

谢端听了非常高兴，对田螺姑娘说："我喜欢你的勤劳，如果你不嫌弃我贫穷，嫁给我做妻子好不好？"

❶谢端因平白无故收获了几天热气腾腾的饭菜，他很想把这件事弄明白。此处提出疑问，引发读者探究和阅读的兴趣。

❷通过谢端的动作描写和心理活动描写，逐步揭开事情的真相。

❸通过语言描写，说明了田螺姑娘帮助谢端的原因，也从侧面反映了谢端的勤劳善良。故事美好结局的走向也表达了人们对于过上美好生活的向往。

田螺姑娘害羞地点点头。于是，谢端与美丽善良的田螺姑娘成婚了，邻居们也非常喜欢田螺姑娘。后来，他们生了一对儿女，夫妻俩一直很恩爱，家里的生活越来越好。

日积月累

热气腾腾　莫名其妙

延伸思考

1. 田螺姑娘为什么要帮谢端做饭?
2. 这个故事哪里最吸引你？为什么?

白蛇传

名师导读

《白蛇传》是流传于民间，并为大家所喜爱的传说故事，讲述的是一个修炼成人形的千年蛇妖白素贞和书生许仙的曲折爱情故事。白素贞因缘结识书生许仙，两人彼此爱慕，结为夫妻，过着幸福的日子。不料半路跳出了一个金山寺的住持法海和尚，他运用法力，把白素贞镇在雷峰塔下。故事情节跌宕起伏，想象奇幻，表达了人们对男女自由恋爱的赞美和向往，以及对于法海所代表的封建势力的鄙弃。

在险峻秀丽的峨眉山上，有两条修炼成仙的白蛇和青蛇，它们化作美丽的女子，白蛇取名叫白素贞，青蛇取名叫小青。

这一年春天，她们结伴来到风景如画的西湖边，人间的美景令她们目不暇接。忽然，天下起雨来，她们急忙躲在断桥边的一棵柳树下。

这时，一个书生拿着伞跑来说："不知道二位要到哪里去？先用这把伞遮雨吧。"

"真是十分感谢。那我们怎么把伞还给你呢？"白素贞问。

最后他们商量好，约定第二天白素贞和小青上门还伞。

第二天，白素贞带着小青来到书生家，这才知道书生名叫许仙，父母已经过世，现在寄住在姐姐家，在一家药店做伙计。白素贞见他为人忠厚，许仙也爱慕白素贞的美丽与善良，于是两个人就在小青的撮合下，结为了夫妻。

婚后，他们夫妻俩就在西湖边上开了一家药店。这一天，许仙去给生病的患者送药，路上他遇到金山寺的住持法海和尚。法海老远就看到了许仙，并觉得哪里不对，走近观察便知道了缘故。于是，他一把拦住许仙，说："贫僧见施主面带妖气，似乎每天都与妖怪在一起。"

许仙觉得这和尚在说疯言疯语，只得笑笑说："家中只有娘子和丫鬟，哪来的妖怪，你就别在这里胡说了。"

法海说："这样吧，过几天就是端午节了，你可以让你家娘子喝一杯雄黄酒。如果什么事都没发生那最好不过了；如果到时有事，你可以到金山寺找我！"❶

端午节那天，许仙想起法海的话，想了想还是劝白娘子喝下了雄黄酒。白娘子不胜酒力，叫小青扶她回房休息。隔了好一会儿，许仙没听到声音，进去一看，天啊，只见一条很粗的白蛇躺在床上。许仙吓得跌倒在地，顿时没了气。❷

白娘子被惊醒后，马上变回人形。为了救许仙，她到灵山偷来灵芝草。灵芝草十分神奇，原本已经断

❶ 对话描写，写出了法海法力无边，抓妖要抓到许仙家，而许仙书生本性，以为法海胡言乱语，他不知道危机已经埋下了。

❷ 心生疑念的许仙还是选择了给白娘子喝下了雄黄酒，他人性的弱点占了上风。结果喝醉了的白娘子现出了原形，把许仙吓死了。

❸ 此处写出了修炼成人形的千年蛇妖白娘子重情重义，为救许仙去盗灵芝草。情节跌宕起伏，充满奇幻色彩。

气的许仙服下后又活了过来。他睁开眼睛，看到娘子，还是心有余悸。但此时，白娘子指着院子里一条白蛇说："床上的那条白蛇已经被我杀死了。"许仙将信将疑，但想起白娘子的万般好处，也就没再多想。❸

几个月后，白娘子生下一个白白胖胖的儿子。办满月酒的那天，法海手持金钵闯进门，冲白娘子喝道："我要把你镇到宝塔下面，叫你再也不能出来害人！"说完便用金钵罩住白娘子，把她压在西湖边的雷峰塔下。无论许仙怎么哀求，法海也不肯放了白娘子。

小青决心为白娘子报仇。十八年后，回峨眉山苦练技艺的小青来找法海决斗，打得法海只有招架之力。小青越战越勇，挥起宝剑朝雷峰塔砍去，只听"轰隆"一声巨响，雷峰塔终于倒下来。白娘子恢复人形，与法海斗在一起。法海一见敌不过白娘子和小青，跳进西湖，躲到一只螃蟹的硬壳里，再也不敢出来了。

日积月累

目不暇接　心有余悸　将信将疑

延伸思考

1. 法海为什么要把素不相识的白娘子镇压在宝塔下?

2. 许仙看上去似乎怕白蛇，你觉得许仙和白娘子在一起幸福吗?

煮海治龙王

名师导读

很久很久以前，有一座岛叫“金藏岛”，传说岛上遍地都埋着金子。东海龙王为了得到这块宝地，把岛给淹了。幸存的人们团结在一起，寻求纺花仙女的帮助，一心要把恶龙打败。这是海边的民间传说故事。故事里的人们，包括主人公小海生，饱受滔天海水带来的灾害，而始作俑者就是东海龙王。人们只是手无缚鸡之力的凡人，却勇敢无畏，他们在宝物金线衣、金线渔网和煮海锅的帮助下，运用智慧，打败了恶龙。

不知是哪朝哪代，舟山西南面的一个小岛上遍地埋着黄灿灿的金子，所以人们称它“金藏岛”。

后来，这满岛藏金子的消息被贪得无厌的东海龙王知道了。为了独吞这块宝地，他调遣龙子龙孙、虾兵蟹将，掀起滔天大浪，直向金藏岛扑来。眨眼间，恶浪滔天，狂风大作，金藏岛上树倒屋塌，人们大声哭喊，一派凄惨景象。

金藏岛东边有座纺花山，山上住着一位纺花仙女，她目睹了东海龙王残害百姓的恶行，心中愤愤不平。于是她拿着扫帚，朝海面轻轻地一拂，涌上山来的滚滚潮水、滔滔巨浪就“哗”的一声向后倒退了。

金藏岛上幸存的男女老少，都纷纷逃往纺花山避难。纺花仙女摇身一变，化作一位白发苍苍的百岁老婆婆，拄着拐杖对大家说：“龙王水淹金藏，黎民百姓遭殃。若要保住金藏，随我把花来纺。纺花织成渔网，下海斗败龙王！”

大家听了百岁老婆婆的话，不论男女老少都来纺花织网。纺呀织呀！织呀纺呀！整整忙了七七四十九天，织出了一张九九八十一斤重的金线渔网。

渔网织成了，派谁下海斗龙王呢？一个小孩跳出人群，拍着胸脯说：“我去！”

乡亲们一看是海生，不禁心里凉了半截。海生是个七八岁的小孩子，乳臭未干，穿着开裆裤，怎能下海斗龙王？❶纺花仙女却乐呵呵地说：“下海斗龙王，贵在有胆量，就让海生去吧！”接着，她拿出一套金线衣，给海生穿上，又向海生传授了斗龙的秘诀。

海生穿上金线衣，顿觉全身一阵酥痒。他遵照纺花仙女的嘱咐说了声：“大！”浑身上下的肌肉疙瘩立刻一块块鼓了起来，而且越来越大，他一下子变成了一个力大无穷、顶天立地的巨人。众乡亲一个个看得目瞪口呆。❷

这时，海生毫不费力地拿起那张九九八十一斤重的金线渔网，辞别纺花仙女和众乡亲，迈开大步，奔下纺花山，“扑通”一声跳进了汪洋大海。奇怪的是，海生游到哪里，哪里的潮水海浪就为他让路。原来海生穿的金线衣是纺花仙女特地为他编织的避水宝衣呢！

不一会儿工夫，海生来到海中，他取出金线网往下一抛，说声：“大！”

那网就铺天盖地撒向大海。万万想不到，第一网收起，就擒住了东海龙王的护宝将军狗鳗精。海生听纺花仙女说过，只要擒住狗鳗精，就可得到煮海锅；有了煮海锅，就能保全金藏岛。他开心极了，命令狗鳗精快快交出煮海锅来！

金线网越缩越小，被罩在网中的狗鳗精痛得死去活来，为了活命，狗鳗精只得乖乖地带着海生到东海龙宫的百宝殿去拿煮海锅。百宝殿金光万道，殿内九缸十八排，缸缸盛满了奇珍异宝。海生什么都看不上眼，单单拾起一个黑乎乎的煮海锅，就急匆匆地回纺花山了。❸

海生和大家一道按照纺花仙女的指点，在海边支起煮海锅，拿勺舀来东海水，烧旺一堆干柴火，“噼里啪啦”煮起来。煮呀！煮呀！一炷香过去了，煮得海水冒热气；两炷香过去了，煮得海水起白泡；三炷香过去了，煮得东海龙王老老实实地浮出水面，后面跟着一帮气喘吁吁的龙子龙孙、虾兵蟹将，直喊饶命！❹

“退潮息浪，还我金藏。否则，我就煮烂你这个海龙王！”

东海龙王连连作揖，急忙下令退潮三尺，息浪三丈。

金藏岛终于重见天日。谁知，等海生挪开锅，熄

❶通过描写乡亲们的心理活动，并借用他们审视的眼光，巧妙地描述了海生的外貌特征，同时引出乡亲们的担忧：海生只是个小孩，怎能斗得过龙王呀？

❷通过对乡亲们神态的描写，展现了小海生变成巨人的壮观场面。

❸对比写法，把奇珍异宝和黑乎乎的煮海锅做对比，更突显煮海锅的不起眼和神奇。

❹运用排比的修辞手法，写出了煮海锅的重要性，它是打败东海龙王的重要宝物。

了火，东海龙王又突然涨潮扑浪。一个浪头将煮海锅卷得无影无踪了。

“怎么办？”海生急得直跺脚。这一脚非同小可，直跺得地动山摇！所有埋藏在地下的金子，都被海生一脚跺了出来，纷纷飞向海岸，落在滩头。眨眼之间，形成了一道金光闪闪的大海塘，任凭潮涌浪翻，金塘巍然屹立，纹丝不动。

自此以后，东海龙王再也无法兴风作浪，黎民百姓也就安享太平了，而“金藏岛”也被人们改称为“金塘岛”了。

日积月累

乳臭未干　重见天日　非同小可　巍然屹立

延伸思考

1. 你觉得小海生身上有什么优点值得学习？
2. 东海龙王兴风作浪给人们带来了什么灾难？

长发妹

名师导读

《长发妹》是一个侗族民间故事。故事围绕一座陡高山来讲述。陡高山山腰有一道长长的瀑布，但在很久以前，陡高山既缺水又荒凉。传说，在这偏僻的大山里，住着一个心地善良又纯朴的姑娘，叫长发妹。长发妹本来长着一头的长黑发，却因偶然发现了泉水的秘密，被山神威胁报复，结果黑发变成了白发。那里的泉水贵如油，人们太需要水了！长发妹终于克服了畏惧，勇敢地把秘密说了出去……这是关于陡高山瀑布的传说，瀑布很美，而故事里长发妹的心灵更美。

有一座山叫陡高山，山腰有一道长长的瀑布，这瀑布就像一个女人躺在悬崖上，把她那又长又白的头发垂下山来一样。当地人把这瀑布叫作白发水。❶关于它，这里流传着一个美丽的故事。

很早以前，陡高山附近是没有水的。这里的人们吃水、用水都要靠天下雨；假若天不下雨，就得到七里外的小河里去挑水。所以，这里的水像油一样宝贵。

陡高山附近的村庄里有个姑娘，她的头发乌黑发亮，由头顶一直拖到脚后跟。大家都叫她长发妹。长发妹家里只有一个生病的妈妈。妈妈躺在床上动弹不得，家里就靠长发妹一个人养猪来维持生活。长发妹每天从早忙到晚，她要到七里外的小河里挑水，还要到陡高山打猪草回来喂猪。

有一天，长发妹背起竹篮到陡高山上去打猪草。她爬过一个大悬崖，忽然看见一棵萝卜长在大石壁上，叶子绿绿的，非常可爱。她想："把这个萝卜拔出来回家煮着吃，一定香甜可口。"

她双手用力地一拔，拔出一个圆圆的红萝卜，足足有茶杯那么粗。萝卜拔出来之后，石壁上出现了一个圆圆的洞眼，从洞眼里流出一股清清的泉水来。可是，一会儿，"唰"的一声，萝卜从她手里飞了出来；再"噗"的一声，回到了石壁上的洞眼里，水流不出来了。

长发妹口渴极了，想喝水。于是她又把萝卜拔出来，洞眼里又流出了泉水。她凑近洞眼，饱饱地喝了几口水。这水清凉甘甜，像雪梨汁一样。但她的嘴刚离开石洞眼，"唰"的一声，萝卜又从她手里飞了出来；再"噗"的一声，仍旧回到石壁上的洞眼里，把水堵住了。长发妹在悬崖上呆呆地望着，不知道这是怎么回事。❷

忽然，一阵大风刮来，长发妹被刮到一个山洞里。山洞的石墩上坐着一个满身黄毛的人。他恶声恶气地

❶ 开篇运用比喻修辞手法，形象地描述了陡高山瀑布，让人们浮想联翩。

❷ 陡高山一带水贵如油，长发妹偶然发现的一眼清泉，水清凉甘甜，对于口渴的她和附近的人们来说，这是生命之水。这里通过超现实的想象力描绘了神奇的泉水，也暗示了不可预期的事情在等着长发妹。

说:“我这个山泉的秘密被你发现了，你不能告诉别人。假如你告诉别人，别人也来这里取水，我就惩罚你。我是山神，你记着!”又一阵大风刮来，把长发妹刮到山脚。

长发妹忐忑不安地走回家。她不敢把泉水的事告诉妈妈，更不敢告诉村里的人。她看见田地里的土块干巴巴的，村里的男女老少每天挑着笨重的水桶到七里外的小河里去挑水，累得气喘吁吁。她真想告诉村里的人：陡高山上有泉水，只要扯掉萝卜，拿刀砍碎它，拿斧头凿大洞眼，泉水就会“哗哗”地流下山来。可一想到凶恶的黄毛人，她就害怕了，话就咽进肚子里去了。❶长发妹痛苦极了！她吃不下饭，睡不着觉。她的眼睛不再是水汪汪的，而是暗淡的了；她的脸蛋不再是红润的，而是憔悴的了；她的长头发不再是黑亮的，而是干枯的了。❷妈妈看在眼里，急在心上，她抓住长发妹瘦瘦的手说:“孩子，你病了吗?”长发妹咬住嘴唇，不说话。

一天天，一月月地过去了，长发妹的头发由乌黑发亮的变成了苍白的，她连梳理的精神也没有了。“啊，好奇怪啊！年纪轻轻的姑娘，满头雪白的头发!”人们都在偷偷地谈论着。长发妹呆呆地靠在大门口，望着来来往往、忙着去挑水的人们。她喃喃地说:“陡

❶ 此处的心理活动描写既写出了长发妹害怕、担心又矛盾的心情，又写出了她善良的心地，也从侧面写出了山神的凶恶。

❷ 运用排比句和对比写法，写出长发妹面容的变化过程，反映了她的内心是痛苦的，也是善良的。

❸ 语言描写道出了长发妹的心理活动。她的自我谴责和自我反省恰恰映衬了她的朴实无华和善良。

高山上有……”可是刚说到这里，就用牙齿紧咬住嘴唇，咬出一个个的血印子。

有一天，长发妹靠在门口，看见一个白胡子老人挑着一担水，颤巍巍地在路上走，一不留心，碰到一块石头，跌倒在地上。水桶摔坏了，水流光了，老人的脚也撞破了，鲜血一直淌着。长发妹跑过去扶起老人，从身上撕下一块衣襟，替老人包扎伤口。老人疼得闭着眼睛，“哎哟哎哟”地哼着，脸上的皱纹也抽搐着。

长发妹不禁自言自语地说：“长发妹，你真胆小啊！因为你怕山神，不敢说出发现山泉的秘密，田地上的泥块才干巴巴，全村的人才汗流浃背、气喘吁吁，老爹爹才跌断了腿！你，你，你……”❸她再也忍不住了，于是大声地对老人说：“老人家，陡高山上有泉水啊！只要拔掉石壁上的萝卜，拿刀砍碎萝卜，拿斧头凿大石洞眼，泉水就会‘哗哗’地流下山来了。真的，真的！我亲眼见过！”她不等老人回答，就站了起来，披着长长的白头发，在村里来回跑着，疯了一样大声呼喊：“陡高山上有泉水啊！大家快去找泉水吧！”接着，她说出发现泉水的经过，只是没把山神的话说出来。

村里人听说有泉水，有的拿着菜刀，有的拿着凿子，跟着长发妹爬上陡高山，爬过大悬崖。长发妹双手拔下石壁上的萝卜，丢在地上，说：“大家快砍碎这萝卜，快！”人们几刀下去把萝卜砍成了碎渣渣。石洞眼的泉水“唰唰”地流出来了。可是，石洞眼只有茶杯大，泉水流得不多。

长发妹又说：“大家用凿子用力凿啊！把石洞眼凿得大大的，快凿呀！快！”几把凿子凿呀凿，一会儿，石洞眼有碗口那么大了！再一会儿，石洞眼有水桶那么大了！再一会儿，石洞眼有大水缸那么大了！泉水“哗啦啦”

地向山下奔流下去。看着“哗哗”地流淌的泉水，村里人高兴得手舞足蹈。[1]

这时，一阵大风刮来，长发妹不见了。大家只顾望着泉水笑，谁也没有发觉长发妹被风刮走了。后来，有人问：“长发妹呢？”有人回答：“大概她先回家了，向妈妈报告好消息了！”于是，大家欢欢喜喜地爬过悬崖，走下山来。

可长发妹不是回家了，而是被山神抓去了。山神大声叱责说：“叫你不要告诉别人，你却带着大批人来砍碎萝卜，凿大石洞眼，现在我要惩罚你！”

长发妹冷冷地说：“为了大家我不怕！”

山神磨着牙齿恶狠狠地说：“我要叫你躺在悬崖上，让泉水从高处冲在你身上，叫你永远遭受痛苦！”

长发妹冷冷地说："为了大家，我愿意被水冲。可是，我求你让我回家一趟，托人照顾我生病的妈妈和养的几个猪仔。"

山神想了想，说："你可以回去一趟。你若不回来，我就封住泉水口，还要杀死全村的人！你回来时，自己躺在悬崖上被水冲吧，不要再来麻烦我了！"

长发妹点点头，于是又一阵大风把她从洞里刮到山脚。❷长发妹看着山上的泉水"哗啦啦"地流下山来，田地水汪汪的，庄稼绿油油的，她哈哈大笑了！她回到家里，怕妈妈担心，不敢把实话对妈妈讲。她只说："妈，陡高山上有水流下来了，我们村上不愁水了。"又说："妈，邻村的小姐妹邀我去玩几天，我交代隔壁婶婶来照顾你，还有咱们家的小猪。"妈妈笑着答应说："好的！"

长发妹到隔壁交代了婶婶，回到家对妈妈说："妈妈，我说不定要在邻村玩上十几天啊，一时不回来你别担心……"妈妈说："你高高兴兴地去玩吧！婶婶是个好人，会照顾我的。"

长发妹摸摸妈妈的脸，摸摸妈妈的手，眼泪滴了下来。她来到猪栏边，摸摸小猪的头，摸摸小猪的尾巴，她的眼泪又滴了下来。她在房门口说了一句："妈，我走了！"不等妈妈回话，她就义无反顾地朝陡高山

❶通过语言描写和动作描写，写出了人们发现泉水的兴奋。通过把泉眼的大小依次比作碗口般大、水桶般大、水缸般大，描述了泉水"哗哗"流淌的过程，人们的心情也随之欢呼雀跃。

❷对话描写。山神要惩罚说出秘密的长发妹，而长发妹却在凶恶的山神面前表现了她纯朴、善良和勇敢的一面。她心系乡亲们和妈妈。

走去。❶

半路上，有一株枝繁叶茂的大榕树。长发妹走到树下，摸着树干，说：“大榕树啊，以后我不能再来你这里乘凉了！”

忽然，从大榕树后走出一个高大的老人，老人长着绿色的头发、绿色的胡子，穿着一身绿色的衣服。他问：“长发妹，你要去哪里呢？”长发妹叹了一口气，低着头不出声。

老人说：“你的事情我已经知道了。你是个好孩子，我要救你。我凿了一个石头人，和你一模一样，你来大树后面看看吧！”长发妹转到大树后，看见一个大石头凿成的石姑娘，很像自己，只是没有长发。

老人说：“山神要你躺在悬崖上被水冲，这可不行！我把这石头人扛到悬崖上，让它替你受罚，可它缺少长长的白头发。小姑娘，你忍忍吧，我把你的白头发剪下来，安在石头人的头上。这样，山神才不会怀疑。”长发妹的头发被剪光了，石头人的头上却安上了雪白的长头发。

老人笑笑说：“姑娘，你回家吧，田地有水了，你和村里人放心耕种吧！以后你们的生活会慢慢地好起来的！”说完，他扛起石头人，飞快地朝陡高山跑去。他把石头人放在悬崖上，让急流的泉水冲着。泉水冲

❶此处，通过长发妹和妈妈的对话，以及对她动作的描写，写出了一个默默地和妈妈永别的善良的姑娘，而她即将面临的惩罚也牵系着读者的心，让大家为她捏了一把汗。

❷本以为长发妹面临的将是狂风暴雨、飞沙走石，没想到此处笔锋一变，出现了一个榕树老人，他同情善良的长发妹，运用神力帮助她和乡亲们，而长发妹的黑头发也长回来了。这道出了善良总是能打败邪恶的道理。

在石头人身上，顺着石头人的头发流下山来，长长的，白白的。

长发妹靠在树上看呆了。忽然，她觉得自己头上痒痒的，伸手一摸，啊，头发又长出来啦！啊，头发又长长地垂下来啦！她用手把头发拉到前面一看：新长的头发像以前的一样乌黑发亮。她高兴得跳起来。❷

她在大榕树下等了许久，不见绿衣老人回来。忽然，微风吹来，大榕树枝叶摇动，发出了声音：“长发妹，可恶的山神被瞒住了。你快快回家吧！”原来那老人是大榕树变的！

长发妹望望陡高山上长长的白发水，望望山脚下绿油油的庄稼，望望田头欢乐的人群，望望绿油油的大榕树，高兴地甩着乌黑的长头发，一蹦一跳地回家了。

日积月累

忐忑不安　汗流浃背　义无反顾

延伸思考

1. 面对凶恶的山神，为什么长发妹一开始是害怕，后来却勇敢地把发现泉水的秘密说出来了？试分析一下她的性格特征。
2. 长发妹对待乡亲们、妈妈、山神和榕树老人的态度是不一样的，为什么？

寒号鸟

名师导读

传说，有一种动物特别神奇，名为鸟，实际上不会飞，还长有四只脚；长得丑，可是一到夏天却长满漂亮的毛；它成天不劳动，只会昂着头，四处炫耀自己漂亮的毛。当严冬到来时，它喜欢躲在石缝里，冻得直发抖，而明天是否修建一个温暖的窝，却是遥遥无期……这是一个广为流传的民间故事，人们拿寒号鸟的故事说明一个哲理：如果不好好对待生活，偷懒、自大，甚至得过且过，一定会付出巨大的代价。

传说有一种动物叫寒号鸟，长得与真正意义上的鸟不同，它有四只脚，光秃秃的翅膀非常丑，而且还不会飞。但是每到夏季的时候，寒号鸟全身就会长满五彩斑斓的毛，漂亮极了，谁看到谁称赞：“哇，好美丽的小动物啊！”❶

寒号鸟得意极了，认为自己是全天下最美丽的，心想：“那些孔雀没法跟我比，就连传说中的凤凰肯定也没有我漂亮！”于是，它整天

张着翅膀，挺着脖子，洋洋得意地走来走去，还哼唱着："凤凰也没我漂亮！凤凰也没我漂亮！"❷

很快，夏天过去了，秋天来了。那些鸟类有的结伴飞向南方，准备在那里过冬；有的整天忙着积攒食物，修理鸟巢，做好一切过冬的准备。只有寒号鸟，既不会飞，又不愿劳动，还整天扬着脖子到处走，炫耀它漂亮的毛。

冬天来了，一阵阵寒风吹来，鸟儿们都躲在温暖的鸟巢里，舒舒服服地度过冬天。可寒号鸟呢，毛全掉光了，夜里只能躲在石缝里，冻得浑身发抖，哆哆嗦嗦地叫着："好冷啊，好冷啊，等天亮一定造个窝！"

等天亮以后，太阳出来了，温暖的阳光照在寒号鸟的身上，使它忘记了夜里的寒冷，它心想："这么暖和，还是明天再造窝吧！"就这样，寒号鸟混过一天又一天，也没给自己造个窝，只能在夜里躲在石缝里，不停地哆嗦。终于有一天，它在寒夜里冻死了。❸

❶ 寒号鸟的外表特征描写。因为长得奇特，有时丑，有时美，反差很大，令人印象深刻。

❷ 这里对寒号鸟心理活动、动作、语言和神态的描写，写活了它的骄傲自满。它拿孔雀和凤凰自比，更显得它的自大。

❸ 鸟兽们都会修建窝巢、积攒食物，以度过难熬的寒冬，这是自然规律。可寒号鸟却不这么做。它每天在寒夜中煎熬，当太阳升起来时，又不筑巢。它懒惰，一天又一天，把自己的生命给葬送了。这里写出了它的习性。

日积月累

五彩斑斓　洋洋得意

延伸思考

1. 读了故事，请描述一下你印象中的寒号鸟。

2. 如果寒号鸟选择了筑巢，你认为它会有怎样的结局？请描述一下。

百鸟朝凤

名师导读

《百鸟朝凤》是一个古老的民间传说，讲述了一只普通的小鸟如何成长为一只受人景仰、万众瞩目的凤凰的故事。故事生动有趣，而凤凰身上所承载的正是劳动人民勤劳、勇敢、智慧的民族精神。

很久很久以前，凤凰只是一只很不起眼的小鸟，羽毛也很平常，丝毫不像传说中的那般光彩夺目。但它有一个优点：它很勤劳，不像别的鸟那样吃饱了只顾玩，而是从早到晚忙个不停，将别的鸟扔掉的果实都一颗一颗地捡起来，收藏在洞里。❶

❶此处是凤凰的外表特征描写和习性描写。

这有什么意思呀？这不是财迷、大傻瓜吗？可别小看了这种贮藏食物的行为，到了一定的时候，它可发挥大用处了！❷

❷通过设问句，进一步突出凤凰贮藏食物、勤劳的习性，又引出下文，起承上启下的作用。

果然，有一年，森林大旱。鸟儿们觅不到食物，都饿得头昏眼花，支撑不下去了。这时，凤凰急忙打开山洞，把自己多年积存下来的干果和草籽拿出来分给大家，和大家共同渡过难关。

❶此处是百鸟朝凤的壮观景色。凤凰勤劳、勇敢、大度，在旱灾来临时，帮助鸟儿们渡过了难关。它身披百鸟衣，成为受人景仰的凤凰。

旱灾过后，为了感谢凤凰的救命之恩，鸟儿们都从自己身上选了一根最漂亮的羽毛拔下来，制成了一件光彩夺目的百鸟衣献给凤凰，并一致推举它为鸟王。以后，每逢凤凰生日之时，四面八方的鸟儿都会飞来向凤凰表示祝贺，这就是百鸟朝凤。❶

日积月累

光彩夺目　四面八方　百鸟朝凤

延伸思考

1. 凤凰身上有哪些优点？请举例说明。
2. 读了故事，你得出了什么结论？

猢狲红屁股

名师导读

很久很久以前，森林里的百兽们过着逍遥自在的日子，直到有一天，来了妖魔鬼怪。百兽们每日提心吊胆，它们决定推选森林大王，好赶跑妖魔鬼怪。有一只猢狲没什么真本事，却又想当大王，最后落得个红屁股的结局，被大家嘲笑。故事生动有趣，语言幽默诙谐，讽刺、嘲笑了同猢狲一样的人。

森林里住着百兽，它们生活得自由自在。但有一天，来了妖魔鬼怪，森林里就不太平了。

百兽们每日提心吊胆，它们七嘴八舌地说道："这样下去，大家的日子会越来越难过，最好推选个大王，带领大家来对付妖魔。"谁做大王呢？大家议论了半天还没着落。

猢狲东奔西跑，想学本事当大王。一日，它看见一个老头儿在舞剑、射箭，真有本事。等老头儿进屋，它就把宝剑、弓箭全偷来了。

猢狲回到森林，到处夸口："我学了一身本事，能与妖魔鬼怪较量。"百兽见它身背宝剑、弓箭，相信了它说的话，就推选它为森林大王。

不久，妖魔鬼怪又来森林捣乱。猢狲大王学着老头儿的样子舞起剑来。

可是它要剑一不会直刺，二不会横劈，被妖魔鬼怪伸手一拔，剑就被抢走了。猢狲连忙又用弓箭。人家箭头向外，它却朝里，一拉弓，箭就射在自己胸口上，痛得它胡蹦乱跳，晕倒在地。虎、豹等勇将拼命地冲上前，才救了它的性命。

百兽见猢狲没真本事，不再让它坐大王宝座。猢狲却不肯让位。它偷偷地用树脂涂了一屁股，还说：“不是我不让，是椅子留着我。”百兽们很生气，有几个有力的上去，“一——二——三”，一齐用力，把猢狲从椅子上拖了下来。结果，猢狲屁股的一层毛被牢牢地粘在宝座上。

从此，猢狲屁股，永不长毛，结着一块红红的疤。

日积月累

自由自在　提心吊胆　七嘴八舌

延伸思考

1. 总结一下猢狲的性格特征。

2. 读了故事，你得出了什么结论？

马头琴

名师导读

在金色的草原上，住着小牧民苏和，还有他的白马。苏和心地善良，他的胸怀就如同草原一般宽广，他的白马奔跑起来如同离弦的箭。他们在一起过着快活的日子。可是有一天，贪婪的王爷把魔爪伸向了白马……《马头琴》是一个感人的蒙古族民间故事，讲述了蒙古族人民喜爱的乐器——马头琴的传说。马头琴悠扬的琴声，倾诉着小牧民苏和对白马的思念之情，令人感动。

金色的草原上，住着一个勤劳勇敢的小牧民苏和。他有一匹威风凛凛的白马，跑起来四蹄生风，像离弦的箭一样。❶

有一天，王府里的几个骑兵气喘吁吁地跑过来问他：“小兄弟，我们想活捉一只梅花鹿，可追了很久也追不上，如果不完成王爷的命令，回去后就得受罚，你有没有什么好办法教教我们？”

善良的苏和决定帮他们一次。他骑上白马飞驰而去，很快就捉了一只梅花鹿给他们，骑兵们千恩万谢地回去交差了。

贪婪的王爷听说苏和的白马能追上梅花鹿，便想把马据为己有。他派人抢来白马，还把苏和抓起来毒打了一顿，然后摆下酒宴邀请好友，打算骑着白马炫耀一番。

没想到，王爷刚跨上白马，马就突然向前一跳，又向后尥了一蹶子，把王爷抖下马，然后撒开蹄子就跑。惊魂未定的王爷吼道：“快！快拿箭射它！”士兵们赶紧朝白马疯狂射箭，马却眨眼间跑得没了踪迹。

夜里，正在思念白马的苏和突然听到一声长鸣，是他心爱的马回来了！可怜的白马身中数箭，奄奄一息，只看了苏和一眼，就倒地而死了。②

①比喻修辞手法，把白马奔跑的速度比作离弦的箭，可见白马的威风凛凛。

②此处描绘了一幅令人伤心欲绝的诀别画面。白马有灵性，受了箭伤，即使奄奄一息也要回到主人身边。它对主人的思念，就像苏和对它的思念一样。夜景、马长鸣，更渲染了伤心的气氛。

❸交代了马头琴的由来。马头琴悠扬的琴声，就如苏和的思念一般让人感动。

伤心欲绝的苏和用白马的皮、骨、鬃、尾做了一把琴，还在琴杆上照白马的模样雕刻了一个马头，将琴取名叫“马头琴”。每当思念白马时，他就拉起马头琴，让悠扬的琴声陪伴着自己。❸

日积月累

千恩万谢　惊魂未定　伤心欲绝

延伸思考

1. 勤劳勇敢的小牧民苏和和白马的故事很感人，说说哪里感动了你。
2. 说说你所知道的小动物的趣闻。

虾借蚯蚓眼睛

名师导读

很久很久以前，蚯蚓和虾是好朋友。那时的蚯蚓有眼睛，虾却没有眼睛。蚯蚓常受蟹将军的欺负，整天只知道哭鼻子。虾承诺：只要蚯蚓借了眼睛给它，就替蚯蚓伸张正义。然而，蚯蚓却遭到了朋友的背叛……这是一个关于友谊的故事，反讽了背信弃义的虾，以及懦弱的蚯蚓。

据说，在很久很久以前，蚯蚓是有眼睛的。那时和它同住的有位虾哥哥，虾哥哥却没长眼睛。因为它们俩时常在一起，便成了朋友。

那时的蟹将军仗着身材高大，横行霸道，常常欺负弱小者。蚯蚓就时常被它欺负。

一天，蚯蚓正在家里悲泣，虾哥哥闻声进来问道："蚯蚓弟弟，你为什么哭？"

"我很瘦弱，时常受蟹将军的欺侮，我很伤心，所以哭了。"

虾很同情地说："我的身体很强壮，又有轻巧的盔甲和锋利的长枪，本来我可以替你伸张正义，可惜我天生没有眼睛，看不见蟹在什么地方，当它欺负你时，没法帮助你。"

"虾哥哥！"蚯蚓忽然眉开眼笑道，"若哥哥肯帮我，我愿把一双眼睛借给你，但你要在事后还给我。”

“既然这样，很好！很好！”

于是蚯蚓把两眼借给了虾。虾把眼睛安在自己的鼻子左右，便一跃下水去了。

虾过去没有眼睛，看不见东西；现在得了眼睛，不但走路方便，而且找东西吃也极容易。虾越来越依赖这双眼睛，越来越想占有它们。于是它不但不肯把眼睛送还，而且一看蟹将军如此勇猛，也吓得不敢和它交战。虾虽然有脚，却不肯上岸，唯恐被蚯蚓拦住，讨还这一双眼睛。❶

蚯蚓在家里等啊等，等到黄昏还未见虾到来。后来，它才知道上了虾的当，自己的眼睛永远没有返还的希望了！它不禁心酸凄凉地悲号：“虾，还我眼睛！”

蚯蚓终夜哀号，但虾深藏在水中，只装作没有听见。蚯蚓本是能游泳的，可它现在没有了眼睛，恐怕下水后还要受蟹将军欺侮，所以深躲在泥中，永远不敢出来了。❷

从那天起，蚯蚓每到黄昏便想起虾的背信弃义，不停地哀叫叹息。

❶虾占尽了有眼睛的便利，起了私心，不想把眼睛归还给蚯蚓，可见它贪婪、自私、背信弃义；而它因为看见了蟹将军的勇猛，吓得不敢交战了，一身盔甲是虚设，胆小怕死是真；它有脚却连上岸都不敢，因为它心虚。此处用对比写法，描述了一个非常遭人反感的虾。

❷蚯蚓在蟹将军面前受尽欺侮，懦弱无能，它把希望寄托在虾身上，只可惜遭到虾的背叛。没了眼睛的蚯蚓更害怕蟹将军了，于是连游泳的本事都丢掉，深躲在泥中不敢出来了。此处带着反讽的口吻描述了一个懦弱的蚯蚓。

日积月累

横行霸道　眉开眼笑　背信弃义

延伸思考

1. 为什么蚯蚓把眼睛借给虾，而虾后来没有把眼睛还给蚯蚓？
2. 读了故事，你认为朋友之间最重要的情义是什么？

帝尧嫁女

名师导读

相传，上古帝王帝尧宅心仁厚，他爱民勤政，团结亲族，深谋远虑，深得百姓爱戴。他是一位明君，民间流传着很多关于他的传说。这里讲的是帝尧嫁女的故事。帝尧为了说服自私的妻子，出了三道考题给两个待嫁女儿。故事刻画了一位贤明的帝尧，还有勤劳善良、聪明大度的娥皇。生活中的他们有着高贵的品质，得到了人们的尊重。

相传帝尧有两个女儿，大女儿娥皇是养女，小女儿女英是亲生的。帝尧很喜欢她们。帝尧将王位禅让于舜后，决定将两个女儿嫁给舜为妻。

娥皇和女英要同时嫁给舜了，姐妹二人心里都很高兴。只是尧的妻子心存私念，她想让自己的亲生女儿女英为正房，让养女娥皇为偏房，但帝尧坚决反对。为了说服妻子，帝尧就出了三道考题，来考两个女儿。❶

第一道考题：煮豆子。

帝尧分别给两个女儿十粒豆子、五斤柴火，规定先把豆子煮熟者为胜。

姐姐娥皇长年做饭，很有经验。她在锅内只倒了少量水，结果时间不长就煮熟了。妹妹女英却相反，她足足盛了一锅水，水多柴火少，柴火烧尽，水还未开，当然更谈不上煮熟豆子了。❷

第二道考题：纳鞋底。

帝尧让妻子取来一双未纳的鞋底和两根长长的绳子，分给两个女儿每人一只鞋底和一根绳子，规定谁先把鞋底纳成，谁就为胜。

姐姐娥皇时常纳鞋底，干起活来又熟练又有窍门：她把长绳子剪成短节，纳完一根再纳一根，所以不到半天工夫，一只鞋底就纳成了，又好看又结实。妹妹女英用长长的一根绳子纳，很费劲，绳子还不时地打结，半天都没纳出多少，而且歪歪扭扭。❸

姐妹俩临出嫁之前，帝尧又出了第三道考题：比谁快。规定一人坐车，一人骑驴，先到历山南坡帝舜的住地者为胜。

这时尧妻说："娥皇是姐姐，理应坐马车，三马一车更有排场。女英是妹妹，理应骑驴走，单人骑驴就可以。"帝尧知道尧妻实际上是偏袒妹妹，想据理力争，可是女儿出嫁的时辰已到，来不及了。

妹妹女英骑着驴，抄小路飞快地跑，姐姐娥皇则坐马车慢慢地前进。没想到的是，女英走到半路，驴突然停下不走了。

这时，娥皇的马车赶到了。她看到这种情景，立即下车，对女英说："妹妹，我们从小一块儿长大，不分你我，现在一同嫁给舜，还分什么正、偏呢？"于

❶ 对比写法。相较于尧妻的自私和狭隘，帝尧公正而智慧。

❷ 对比写法和细节描写，描述了一个聪明而勤劳的娥皇，以及没有生活经验的女英。

❸ 通过对比写法和细节描写，塑造了勤劳、聪明的娥皇和笨拙的女英的形象。

是她把女英拉上马车，一同奔向历山坡南。❶

❶通过动作描写和语言描写，可见娥皇的胸襟，侧面也刻画了帝尧深谋远虑的形象。

帝舜与娥皇、女英成亲之后，两个妻子没有长次偏正之分。姐妹俩齐心协力地共同辅佐帝舜治理天下，为老百姓做了许多好事。

日积月累

据理力争　齐心协力

延伸思考

1. 分析娥皇的性格特征。
2. 举例子说明帝尧是个怎样的人。

万年创历法

名师导读

过年时，人们常会挂上日月寿星图，据说是为了纪念创建了“万年历”的万年。从古至今，人们总会被难测的风云所左右，苦恼万分。人类为了征服自然，想了无数的法子。传说，殷商有个聪明的小伙子叫万年，他根据树影的移动，设计了能测日影计天时的晷仪，又依据山崖泉水滴的声音，做了一个用于计算时间的漏壶。后来，他创建了造福天下百姓的历法——万年历。下面来听听万年创历法的故事。

在很久很久以前，有一个名叫万年的青年，由于当时的时令还不准确，所以他一心想把时令定准，为大家造福，只可惜一直找不到准确计算时间的方法。

有一天，他上山砍柴，在砍柴的间隙，他坐在树荫下休息，树影的移动给了他启发。回到家中，他根据树影设计了一个测日影计天时的晷仪，用来测定一天的时间。后来，山崖泉水滴的声音又给他带来莫大的灵感，于是，他又亲手做了一个五层的漏壶，用它来计算时间。随着时间的流逝，他惊奇地发现，每隔三百六十多天，四季就会轮回一次，天时的长短也会重复一遍。

当时的统治者叫祖乙，他也经常为天空的不测风云感到苦恼。万年十分理解王的苦恼，于是把自己设计的晷仪和漏壶献给祖乙，并且对祖乙讲述了日月运行的规律。祖乙听后十分高兴，并且十分欣赏万年的才华，于是决定把他留在宫中，让他创建出一部历法，为天下的黎民百姓造福。不久之后，祖乙下令修建了日月阁，并筑起日晷台和漏壶亭，以供万年做研究。

有一次，祖乙去了解万年测试历法的工作进展。当他来到日月阁的时候，看见一块石壁上刻着一首诗："日出日落三百六，周而复始从头来。草木枯荣分四时，一岁月有十二圆。"祖乙看到这首诗后十分高兴，因为，他知道万年已经创建完成了历法。于是，他亲自登上了日月阁看望万年。

万年指着天象，对祖乙说："现在正好满十二个月，旧岁已完，新春复始，请您定个节吧。"祖乙说："既然春为岁首，那就叫'春节'吧。"

年复一年，经过长期观察，精心推算，万年制定出了一部准确的太阳历。当他把太阳历呈献给继任的君主时，早已经是满面银须了。为了颂扬万年的伟大功绩，统治者便将太阳历命名为"万年历"，封万年为日月寿星。

从此之后，人们在过年时就会挂上寿星图。据说，这是为了纪念德高望重的万年。

日积月累

周而复始　德高望重

延伸思考

1. 你从万年身上学会了什么？
2. 万年历给百姓带来了什么便利？

晋文公和介子推

名师导读

寒食节是中国传统节日，源远流长，有两千多年的历史，曾被称为中国民间第一大祭日。它是中国传统节日中唯一以饮食习俗来命名的节日，这一天人们只吃冷食。后来，寒食节慢慢地融入了清明节。据说，寒食所代表的是人们对忠诚、廉洁的赞许。关于寒食节的传说，还得从我国春秋时期一代名君晋文公和忠臣介子推的故事说起……

相传，在我国春秋时期，晋献公的妃子骊姬为了让自己的儿子奚齐继承王位，就设计谋害太子申生。而申生的弟弟重耳，为了躲避这场灾祸，四处流亡。在流亡期间，重耳受尽了屈辱。原本跟他一同出走的臣子也逐渐地离开他，只剩下几个对他不离不弃的贤臣，其中就有一个叫介子推的人。

有一次，重耳和介子推一行人因为迷路，走到了卫国的深山老林里，又累又饿实在走不动了。于是他们就向当地的农夫乞讨，可是不但没有乞讨来吃的，还被当地的农夫们戏谑了一番。后来，重耳实在忍不住饥饿昏倒在地，介子推为了让重耳活命，就走到一个偏僻的地方，割下自己腿上的一块肉，然后和采摘来的野菜一起煮成汤给重耳喝下。重耳得知后，十分感动，并对介子推发誓：“有朝一日，我做了国君，一定要好好报答你。”介子推回答说：“有朝一日，你若当上国君，我不求你能够报答我，只求你能关心百姓，做个贤明的国君……”❶

> ❶晋文公落难时，忠臣介子推以实际行动表忠君之心。晋文公许下诺言：将来一定做个明君，以报答忠臣之举。

流亡十九年后，重耳果真回国当上了国君，也就是历史上著名的晋文公。即位后的晋文公重赏了当年那些陪伴自己流亡的功臣，唯独把介子推忘记了。大家都为介子推抱不平，奉劝他向国君讨赏。然而介子推并不是一个好争功讨赏的人。于是，他打点好行装，一声不响地到绵山隐居了。❷晋文公听说后，羞愧不已，便立刻带人去绵山找介子推。

> ❷此处可见介子推不争功讨赏。既然晋文公遗忘了他，他就选择离开。

❶ 火烧绵山，逼出介子推。故事发展到此，只引出了一个结果：介子推母子俩都被烧死了。此处可见古时“伴君如伴虎”的君臣关系。

❷ 上文已提及大柳树被火烧焦了，此处却叙述了一个“树洞和血书”的情节。介子推又一次表了忠君之心，他的忠心是以死作为代价的。

可通往绵山的路，崎岖难行、树木茂密，想找人谈何容易。这时，有个人献计：从三面火烧绵山，逼出介子推。不曾想，即使是这样，也没能找到介子推。直到大火熄灭时，人们才发现介子推母子俩抱着一棵烧焦的大柳树已经死了。❶

晋文公看到这番景象，号啕大哭起来。后来，他发现介子推堵住的一个柳树洞，里面好像有什么东西。掏出一看，原来是一片衣襟，上面用鲜血写着：割肉奉君尽丹心，但愿主公常清明……❷

晋文公将血书藏在袖中，然后派人将介子推母子二人分别安葬在那棵烧焦的大柳树下。为了纪念介子推，他下令把绵山改为“介山”，在山上修建了一座

祠堂，并且把放火烧山的这一天定为寒食节。每年的这一天，举国上下必须禁忌烟火，只吃寒食。

第二年，晋文公率众臣登山祭拜介子推，他惊奇地发现，这棵烧焦的老柳树竟然奇迹般地复活了。他望着复活的老柳树，如同看到了介子推一样。他恭敬地走到大柳树下，怜爱地折下一根树枝，然后编成一个圈形戴在自己的头上。祭拜之后，晋文公把复活的老柳树赐名为“清明柳”。

后来，寒食节的后一天被定为清明节，寒食节和清明节成为隆重的节日，而这两个节日的习俗也沿袭至今。

日积月累

不离不弃　号啕大哭

延伸思考

1. 读了故事，你觉得晋文公是个怎样的人？
2. 在面对晋文公时，作为臣民的介子推的态度是什么样的？请举例说明。

将军柏

名师导读

把柏树比作将军，照理说，那得多威风的柏树才配得上这样的称呼。中岳嵩山有两棵柏树，一棵弯腰树，一棵空心树，被称为将军柏，是嵩山的一大胜景。可是呢，关于它们的传说似乎没那么光彩。当年汉武帝把封号赐给它们时，这两个受封的“将军”，就像注定被谴责似的，哪有将军的威风。然而，它们依然屹立了很多年，经历了无数的雨打风吹和朝代更迭。至于如它们般姿态的将军，恐怕没它们常青，而汉武帝给它们赐名的故事也成了笑谈。

将军柏是中岳嵩山的一大胜景，据说这个名字还是汉武帝亲封的呢！

相传在两千多年前，汉武帝去嵩山嵩阳观游玩，一进头门，就看见一棵柏树。这棵柏树高大奇伟，枝繁叶茂。

汉武帝不禁连声称赞：“哎呀！好大的柏树啊！”

那些随从官员一见汉武帝对这棵树赞不绝口，也都跟着说：“是啊！我们跟随皇上游遍天下，还从未见过这样大的柏树呢！”

汉武帝在大臣们的一片附和声中，兴致大发，于是将这棵柏树封为“大将军”。❶

封完“大将军”，汉武帝又往后院走去。他登上台阶，穿过院子，来到正中院，迎面又看见一棵柏树。这棵柏树比“大将军”更高大更茂密。

❶“大将军”在一片赞许声中出场了，名副其实。

汉武帝心中颇为懊悔，暗自想道：前院的柏树被封为“大将军”，这一棵该封什么号好呢？不封吧，情理不合；封吧，想不出合适的封号；把前院那棵树的封号移过来吧，自己身为天子，金口玉言，封号已定，不容更改。想来想去，最后才无可奈何地指着面前的大柏树说道：“朕封此柏树为‘二将军’。”❷

❷“二将军”在汉武帝的思来想去中，有点无奈又仓促地受封了，有些名不副实。此处有汉武帝的心理活动描写，也有两棵将军柏的对比描写，有反讽的意味。

一个随驾大臣不禁说：“臣启万岁，这棵树可比前院那棵大得多呀！”

汉武帝知道这位臣子的意思，但他爱面子，为了维护自己的尊严，他决定将错就错。只见他把脸一沉，斥责那位大臣说：“什么大呀小呀的，封此树为‘二将军’名副其实！”一听汉武帝生气了，那位随驾大臣吓得连忙叩头称“是”。别的官员见此情景，再也没人敢多嘴了。❶

❶汉武帝贵为天子，有天子尊荣，是容不得臣子质疑的，而臣子尽了臣子的职责，谏了言，又得承担说错话的责任，于是磕了头、闭了嘴。此处有反讽意味。

汉武帝封完将军柏后，就离开了嵩阳观。

再说嵩阳观里的两棵柏树虽然都受封了，可是心里都很别扭。“大将军”感觉自己名不副实，不配称“大将军”，受之有愧，没脸抬头见人，日子长了，就慢慢地变成了现在这样的弯腰树。“二将军”呢，觉得自己高大无比，却被封为“二将军”，于是整天心生闷气，连肚子都气炸了，变成了现在这样的空心树。❷

❷此处运用拟人手法，通过对两棵将军柏的心理活动描写，写活了它们的姿态特征：一棵受之有愧，弯了腰；一棵不高兴，肚子都气炸了，成了空心树。

时至今日，这两棵将军柏仍然生长在嵩阳观的大院里。

日积月累

赞不绝口　名副其实　名不副实

延伸思考

1. 故事中的汉武帝是怎样的形象？请举例说明。
2. 一个没脸见人，一个把肚子都气炸了，你觉得“大将军”和“二将军”都错在哪里？

冬至吃饺子

名师导读

冬至，是二十四节气中一个重要的节气，也是中国民间的传统节日。古代民间有“冬至大如年”的说法，时至今日，中国北方地区还有冬至日吃饺子的习俗。在寒冷的冬天里，人们团聚在一起，喝着暖暖的汤，吃着热乎乎的饺子，诉说着彼此的关怀，感受着节日的氛围。冬至吃饺子的由来，与东汉“医圣”张仲景相关。这是一个温暖的故事。

张仲景是东汉时期的名医。他的医术很高明，不管什么病，都能手到病除，妙手回春。人们称他是“医圣”。

有一年冬天，寒风刺骨，雪花飘飘，张仲景从外面行医回家。他一路上看见一些穷人穿得破破烂烂，而且非常单薄，脸上生了冻疮，不少人连耳朵都冻烂了，在寒风中瑟瑟发抖。看到这种悲惨的景象，张仲景心里很不是滋味。

他回到家，还惦记着那些冻烂耳朵的人们，于是决定用自己的医术来帮助他们。他带领弟子在一块空地上搭起一个大棚，支起一口大铁锅，把羊肉、辣椒和一些祛寒药材放进锅里熬。等熬好后，又把它们捞出来切碎，用面皮包成一个个像耳朵一样的东西，再放进铁锅里煮。这是一种可以治冻伤的药，张仲景给它取名叫“祛寒娇耳汤”。

冬至那天，大棚前聚集了很多人，张仲景分给每人一大碗汤、两个娇耳。人们吃下娇耳，又喝了祛寒汤后，只觉得浑身暖烘烘的，两耳发热。让人称奇的是，那冻裂的耳朵不出半月就好了。

后来，每年到了冬至这一天，人们就模仿着娇耳的样子，做食物来吃，娇耳也渐渐地变成了今天人们常说的饺子。人们还说吃了冬至的饺子，就不会再冻耳朵了。

日积月累

手到病除　妙手回春　瑟瑟发抖

延伸思考

1. 张仲景是一个怎样的医生？请结合原文分析一下。
2. 你还知道哪些关于冬至日吃饺子的故事？请说来听听。

华佗投师

名师导读

华佗是东汉末年著名的医学家，人们常以“神医华佗”来称呼他。传说他少时拜师于严师门下，每日起早贪黑、勤奋好学。他谦逊有礼，吃苦耐劳，在师傅的严格要求下，发扬“水滴石穿”的学习精神，秉承救死扶伤的理念，最终成为一名为人们所尊重的神医。

俗话说，“严师出高徒”。一代名医华佗就出自严师的门下。

华佗的师傅是个老郎中，此人脾气古怪，与众不同。那时候，各行各业的师傅收徒弟，都是把徒弟当奴仆使唤，洗衣浆衫，烧水煮饭，扫地倒尿，什么累活脏活都要徒弟做。老郎中不是这样，但他对徒弟是否学有所成要求很严。

有一天，老郎中带着华佗来到后院，指着水檐下一块青石说：“什么时候水滴石穿，你就出师了。”

“嗯！”华佗认真地点点头。

第二天，老郎中开始出诊。一天下来，老郎中看了五个病人。他让华佗把病例记下来，并问道：“华佗，你怕麻烦吗？”

“不怕。”

“华佗，你怕辛苦吗？”

“不怕。”

吃了晚饭，老郎中又说：“华佗，查对一下医书，看看今天五个病例用药有无差错和不同之处。”

在灯下，华佗对着病例，翻着医书，一行一行认真地看着。当五个病例全部查对完毕，也差不多二更鼓尽。华佗伸了个懒腰，打着呵欠，感到很疲劳，于是脱衣上床。

华佗刚躺下，老郎中就来了，说：“起来上课！”

华佗只得起来听课。

等讲完课，老郎中一边踱步走向屋外，一边学着老夫子的腔调，吟着诗：“三更灯火五更鸡，正是士子发奋时……”❶

华佗听着老郎中的诗，不禁在心里想：“好严厉的师傅。这比洗衣倒尿难多啦！”可是他不敢松懈，又用心地看下去……

日复一日，老郎中都这样严格地要求着，华佗也没有一丝一毫的懈怠。一年下来，华佗已记了一千五百多个病例。

这天，老郎中问道：“华佗，一千五百多个病例中，有多少个黄疸病？”

华佗说："三十二个。"

"这三十二个用药相同吗？"

"都不一样。"

"为什么？"

"老师教导，这主要是因为病人有男有女，有老有少，有初患和复发等不同情况。"

见华佗像背书一样流利地回答，老郎中高兴得直点头。他感叹自己直到晚年才收了这样一个称心如意的徒弟，真是不容易啊！华佗的功夫下得很深，他很放心，于是感慨地说："看样子，水滴石穿是时候了！"

华佗谦虚地说："老师，还早着呢。"❷

一天，一个村妇难产，请老郎中和华佗诊治。没费多大工夫，孩子就生下来了，可是落地没有声音。老郎中忙招呼华佗说："这是被羊水闷的……"未等老郎中说完，华佗就俯下身子，用嘴吮吸着胎儿嘴里的羊水。"哇"的一声，孩子哭了，村妇全家都松了一口气。❸

师徒俩忙完一天的活后，高高兴兴地回到家。走到屋檐下，老郎中指着青石说："滴水穿青石，全靠功夫深啊！但谨记学无止境。当初我行医时，就遵循两条：一是熟读医书，多临症用药；二是对待病人要胜似亲人。你如今两条都已具备，有独立行医的能力了。

❶ 对话描写和动作描写。华佗的师傅老郎中要求严格，他谆谆告诫华佗学医要不怕苦不怕累，只有勤奋好学才能学有所成。

❷ 对话描写。华佗谦逊好学，有刻苦钻研的学习精神。他学医可谓下足了功夫，因此深得老郎中的赏识。

❸ 从这个病例可以看出，华佗学医已经秉承了不怕脏累、救死扶伤的精神。

我相信你将来会有很大作为，会超过为师的。”

华佗记住老郎中的话，依依不舍地告别了他。果然，华佗后来行医出了名，而且名气比他的师傅还大。

日积月累

与众不同　水滴石穿　称心如意

延伸思考

1. 读了故事，你觉得华佗为何会深得老郎中的喜爱？
2. 你如何理解老郎中说的“水滴石穿”的精神？

能言善辩的小孔融

名师导读

孔融是东汉末年的文学家，“建安七子”之一，我们耳熟能详的典故“孔融让梨”说的就是他四岁时候的故事。小时候的他天资聪明，能诗善文，常说些让大人觉得惊异的话语，让他们不得不折服于他的聪明伶俐。来看看他是如何不慌不忙地机灵应对官府大人们的吧。

孔融十岁时，他的父亲带着他到京城去见见世面。

这京城里有位姓李的大官很有学问，小孔融很想拜见这位大人，可是父亲说他跟李府非亲非故，恐怕拜见不成。孔融想了想，对父亲说：“我有个办法让李大人见我。”

孔融进了李府大厅，不慌不忙地往前排的红木椅上一坐。由于人小，他坐在椅子上两脚悬空。

李大人上上下下地打量了一番孔融，心中有些疑惑，问他：“小客官，你跟李家到底是什么关系呢？”

小孔融从容不迫地答道：“孔家和李家可亲着哩！我家的老祖宗孔子，曾经向你们的老祖宗李耳拜过师，向他请教过学问呢。这说明孔家和李家早在好几百年前就建立起了友谊。作为孔家的后代，我今天特来登门拜见您。”

姓李的大官和在座的宾客，听了小孔融的一番话都十分惊奇，连声赞叹。

又有一次，一位姓陈的大官来看李大人，正好小孔融也在。李大人指着孔融说：“这孩子能言善辩，是一位人间奇童！”

姓陈的大官说：“小时聪明，长大了不一定聪明。”

孔融一听，马上做出反应，他对这位大官说：“这样说来，大人您小时候一定很聪明！”

姓陈的大官一听这话，不敢小瞧他了，夸奖说：“这孩子可真不简单，长大以后必定是个了不起的人物。”

果然，孔融长大后被朝廷重用，还与其他六位文学家一起被称为“建安七子”。

日积月累

非亲非故　从容不迫　能言善辩

延伸思考

1. 读了故事，总结一下小孔融的性格特征。
2. 你还记得“孔融让梨”的故事吗？请试着简述。

鹦鹉洲的由来

名师导读

祢衡是东汉末年名士，传说他恃才傲物，喜欢指摘时事、轻慢别人，还曾击鼓骂曹操、得罪刘表。后来刘表把他推荐给了江夏太守黄祖。黄祖心胸狭隘、嫉贤妒能，祢衡又一肚子的愤懑情绪，他的名士日子很不好过。有一日，他应黄祖之子黄射的邀请，写了一篇《鹦鹉赋》，结果惹来了杀身之祸……

相传东汉末年，名士祢衡由刘表引荐给江夏太守黄祖。祢衡和黄祖的儿子黄射非常要好，常常在一起谈论时事，饮酒赋诗。

那时候，长江中有一座江心洲，洲上一片荒芜，杂草丛生，常有野兔出没。有一天，黄射邀请祢衡到江心洲打猎饮酒。江夏太守的儿子请客，又选在长江沙洲上，去的人自然不少，有的人还带着歌伎、美女，打算去赴一场欢乐的宴席。

那天，一位名叫碧姬的歌女斟了满满一盅酒捧到祢衡面前说：“久闻先生清高的美名，只恨没有缘分早日见到。今天有幸，希望先生满饮此杯，别嫌我卑贱低微。”祢衡没想到在酒场上遇到知己，很受感动，接过酒杯一饮而尽。

正在笑闹的时候，有人将一只羽毛碧绿的红嘴鹦鹉献给黄射，黄射高兴地又将鹦鹉转送给祢衡。黄射举杯对祢衡说：“这只鹦鹉自远方而来，是只珍奇的鸟。你可否写一首咏鹦鹉的文章，让今天参加宴会的人欣赏欣赏？”祢衡一听，马上挽起袖子磨墨。

祢衡是个有名的才子，只因生在乱世，怀才不遇，所以一直心存怨恨。今天他见到鹦鹉，不禁触动心事，便借物抒怀，一挥而就写了一篇《鹦鹉赋》。那赋文的意思是说：鹦鹉是一只灵鸟，可是没有人认识它，只把它当作笼中的玩物；它远离家乡，寄人篱下，有诸多苦处和怀乡之情。祢衡写完小赋后，又把鹦鹉转赠给了碧姬，以表达同病相怜的情意。❶

后来，这篇《鹦鹉赋》被黄祖看见了，他怕祢

❶祢衡托物言志，通过感慨灵鸟鹦鹉的身世，表达了他乱世中求生存的不自由和愤懑。作为名士，他空有一腔才情，寄人篱下，一生漂泊；他把鹦鹉比作“笼中玩物”，足见他对当时黑暗政治的强烈不满。

❷黄祖心胸狭隘、嫉贤妒能，杀了祢衡。此处写出了当时黑暗而残酷的政治环境，以及名士的悲惨命运。

衡以后得志对自己不利，就借故把他杀害了。黄射把他埋葬在了江心洲上。❷

碧姬穿一身重孝，带着祢衡转赠给她的鹦鹉来到洲上，哭倒在祢衡墓前，表示愿意随他的灵魂一起飞走。她哭够了，就一头撞在墓碑前。那只鹦鹉彻夜哀鸣。第二天，人们发现鹦鹉也死在了墓前。

江夏城里的人们为碧姬修了一座坟墓，把鹦鹉也一同葬在了洲上。从此，人们就把江心洲称为“鹦鹉洲”。

后来，到了明代末年，鹦鹉洲沉入江底。可是三百年后，汉阳南门外江边又升出一个新沙洲，人们在沙洲上发现了碧姬的坟墓，而那只鹦鹉已经变成了一块绿色的翡翠石。这只翡翠鹦鹉被地方官拿去献给了乾隆皇帝，乾隆便将汉阳南门外的新沙洲，重新命名为“鹦鹉洲”。

日积月累

怀才不遇　寄人篱下　同病相怜

延伸思考

1. 读了故事，你觉得祢衡是个怎样的人？
2. 祢衡和黄祖的冲突在哪儿？黄祖为什么一定要杀了他？

空城计

名师导读

三国时期，蜀汉丞相诸葛亮为了匡扶汉室，统一中原，出兵北伐魏国，但战果寥寥。民间传说军事重地街亭失守后，魏国大将司马懿率领二十万大军杀向诸葛亮驻地。此时的诸葛亮敌众我寡，城里只剩下老弱残兵，别说出兵迎战，怎么守住城都是个问题。本来败局已定，但诸葛亮从容不迫地打起了心理战，不费一兵一卒就击退了满肚子狐疑的司马懿。

三国争战的时候，蜀国丞相诸葛亮率军北伐魏国，魏国派大将司马懿领兵迎战，两军在天水关对峙。这时候，诸葛亮的军营里接连发生了几起偷盗粮食的案件。诸葛亮很生气，下令关闭城门，亲自带兵搜查。

当他领兵来到一家酒馆时，只见店门大开，几个伙计像往常一样不慌不忙地扫地、抹桌。诸葛亮一看，觉得这里不可能藏有军粮，就没仔细搜查。谁知，事后等诸葛亮抓到盗贼后审问，方知被盗的粮食就藏在那家酒馆里。诸葛亮很吃惊，没想到自己竟被小小的盗贼轻而易举地骗了。

当时，两国的战争还在继续，司马懿率领大军占领街亭，向诸葛亮的驻地扑来。而此时，诸葛亮的精兵强将都出兵在外，来不及赶来支援；留在城里的只有一些老弱残兵，根本无力抵抗，形势十分危急！怎么办呢？

诸葛亮猛然想起盗粮贼使用的计谋。他立刻下令：撤下城墙上的卫兵，收起旗帜，打开所有城门，只派几个老兵在城门口若无其事地洒水、扫地。诸葛亮本人则从容地坐在城楼上弹琴、喝酒，唱起了空城计。

司马懿率二十万大军来到城下，看到这幅情景，一下子愣住了。他左思右想，猜不透诸葛亮葫芦里到底卖的什么药，又害怕有埋伏，不敢贸然攻城，最后不得不退兵了事。

日积月累

轻而易举　老弱残兵　若无其事

延伸思考

1. 诸葛亮唱的空城计为何能击退司马懿？试分析一下。
2. 除了空城计，你还听说过哪些有趣的三国争战的故事？

陶侃不畏权势

名师导读

晋代的陶侃出身贫寒，有忠义气节。在西晋末年动荡不安的局势中，他冲破门阀政治为寒门设置的重重障碍，成为一代名将；为稳定刚建立的东晋政权，他立下汗马功劳；他治荆州有政绩，史称荆州“路不拾遗”。作为一代名将，民间有不少关于他的传说。这里说的就是他不畏强权的故事。

晋代的陶侃，是一个刚正不阿、不怕强权的人。关于他的一些故事至今仍在民间流传。

陶侃在武昌当太守时，长江常有盗船出没。强盗拦劫商民，强抢财物，老百姓对此苦不堪言，怨声载道。陶侃知道此事后，决心要除掉这些可恶的强盗。他派了几十个兵将化装成生意人模样，暗带兵器，搭乘在几艘货船上面。

货船刚刚驶过龟山，就有十多只小船从前后左右包抄过来。小船划近货船，篙子一搭，几个拿着刀的人跳上货船来搜劫商人们的财物。假扮商人的兵将们出其不意地亮出兵器，施展武艺，与强盗们展开搏杀。

强盗们有的被打倒，有的被砍伤，有的被扔下水去，一个个被打得落花流水。其余的强盗见“商人们”早就做好准备，又有一身本事，吓得掉转船头，狼狈地逃走了。

“商人们”将打倒、砍伤的强盗押到太守衙门，陶侃立即坐堂审讯。经过严刑拷问，才知道他们不是什么水寇，而是西阳王司马羕的亲兵。陶侃命令衙役将他们关进监牢，听候发落。

有位主簿低声告诉陶侃：“西阳王不但是皇族，而且是皇上的宠臣。他过去就曾纵兵抢劫过钱财，皇上对这事也只是睁一只眼闭一只眼地不闻不问。您还是做个顺水人情，把这几个家伙放了，免得得罪了西阳王。”[1]

[1] 陶侃设计抓捕了长江上的强盗，没料想是西阳王司马羕的亲兵。司马羕是皇族、朝廷重臣，得到晋朝皇帝的宠信，陶侃要摸的是烫手芋头。此处借陶侃手下官员的一番好言相劝、利弊分析，赤裸裸地呈现了陶侃面对的黑暗的门阀政治。

“先生这话就错了。”陶侃不高兴地批评了主簿，然后严肃地说，“身为太守，保境安民，除暴御寇，是陶某我的职责。别说是西阳王的亲兵，就是皇上身边的官兵犯了法，我陶某也要砍下他们的脑袋示众。”❶

❶语言描写，直观地表明了陶侃的态度。陶侃作为武昌太守，恪守职责，不畏强权政治，其美名流传民间。

第二天，陶侃亲自率领一支威武雄壮的部队，直逼西阳王府，要司马羕交出拦江抢劫的人犯。司马羕见陶侃的军队强大，又自知理亏，只好将那些参与抢劫的亲兵捆绑了交给陶侃。

处决抢劫犯的布告贴满了武昌城。这些残害百姓的亲兵受到了应有的惩罚。

从此，不管是水道还是旱路，再也没有发生过抢劫案件。陶侃不畏权势的美名也在民间流传开了。

日积月累

刚正不阿　怨声载道　出其不意

延伸思考

1. 结合上文，说说陶侃不畏权势体现在哪些地方。
2. 如果陶侃不除掉长江上的强盗，将会给当地带来什么后果？

车胤囊萤苦读

名师导读

大暑节气，盛夏时分，总有一群群如同打着灯笼的萤火虫在夜空中穿行。关于萤火虫还有一个发奋求学的故事。东晋大臣车胤本出身名门，但因家道中落，他从小在贫寒中长大，连油灯都买不起。他受到启发，将捕捉到的萤火虫装在白布口袋里充当夜灯，“囊萤夜读”的故事成为代代流传的佳话。

我国古代将大暑节气分为三候：“一候腐草为萤；二候土润溽暑；三候大雨时行。”其中初候“腐草为萤”指的就是萤火虫。陆生的萤火虫将卵产在枯草上，大暑时，萤火虫自卵中孵化而出，所以古人认为萤火虫是腐草变成的。

每到盛夏夜晚时分，草丛间的萤火虫纷纷亮起绿色的小灯笼，熠熠生辉。这些可爱的小精灵为夏夜带来了别样的美丽，也预示着夏天将尽，凉爽的秋天就要到了。而关于大暑时节的萤火虫，还有一个发奋求学的励志故事呢。

相传在东晋时期，有一个叫车胤的人，他的祖父是三国时期东吴的会稽太守车浚。这样说来，车胤本该锦衣玉食、养尊处优，可惜时运不济，

祖父因灾荒之年请求朝廷赈济百姓，结果被昏庸的吴王孙皓处死了。此后，车氏一族就日渐落魄，最终变得一贫如洗。

尽管如此，年幼的车胤却人穷志不短，他秉承祖辈刚正不阿的精神，立志刻苦读书，光耀门楣。当时的太守王胡之，就曾对车胤的父亲车育说：“你这个儿子一定会大兴卿门，可使专学！”但家中贫寒，“专学”谈何容易，白天要干活没时间读书，到了晚上又没钱买油点灯看书。❶

❶正面和侧面描写，刻画了车胤勤奋好学、人穷志不短的形象，并提出“夜读”无灯的问题，引出下文。

且说在一个夏天的晚上，车胤又坐在院子里默背白天抽空看的内容，忽然发现有许多萤火虫出现了，如同许多小灯在夜里闪动。车胤内心顿时一亮，立刻有了主意。他捉来了许多萤火虫，然后将它们装在一个用白布做的口袋里。只见那光从口袋里照射出来，光线虽然微弱，但已经足够让车胤看清书本上的字了。❷

❷年幼的车胤聪颖好学，他偶然“发明”的萤火虫夜灯虽然很简陋，却很美好。“囊萤夜读”也成为勤奋好学的经典故事。

就这样，车胤夜以继日地苦读，最终成了一个非常有学问的人，后来历任吴兴太守、护军将军、吏部尚书等职。

日积月累

养尊处优　时运不济　一贫如洗

延伸思考

1. 车胤身上有哪些优点值得学习？

2. 你如何理解“人穷志不短”的道理？结合上文说说。

木兰从军

名师导读

花木兰是中国民间传说中极富传奇色彩的巾帼英雄。关于她的故事最早出自中国南北朝时期的一首北方民歌《木兰辞》，她的故事就是一首悲壮的英雄史诗。花木兰替父从军，征战疆场十二载，既不见爷娘的亲切问候，又没有儿女情长，只有燕山胡骑、北方寒风和战士们的盔甲。她和将士们经历了“将军百战死，壮士十年归”的悲壮。花木兰忠孝节义，在立下赫赫战功后选择回家孝敬父母，而同行的伙伴们此时才知道：一起驰骋沙场、征战十二年的居然是个女子！

南北朝时期的花木兰是一个聪明、懂事，也很孝顺的女子。她爹娘年岁大，她既无长兄，弟弟年纪也还小，所以家里的重活都落在了她身上。但是花木兰从来没有怨言，她勤勤恳恳，把家里收拾得井井有条、干干净净。

一天晚上，花木兰正在织布。忽然，一个军官骑着马来到她家门前，递给她一份征兵文书，说：“边疆正在打仗，君主命令征兵。在公文上你们家有一个名额，必须有一个人去边关打仗。”花木兰赶忙翻开看，果然爹爹的名字在上面。

花木兰回到屋里，把征兵的消息告诉了家人。全家都很发愁。花木兰左思右想：爹爹年岁大了，弟弟还小，怎样才能为国出力呢？

花木兰急得一夜没有合眼。怎么办呢？聪明的花木兰终于想出了一个办法：她决定装扮成男人的样子，代替父亲出征。

第二天一早，花木兰上街买了一匹马，赶做了一身战袍，又剪了头发装扮成小伙子，然后告别家人，随着大军到边疆打仗去了。

大军浴血奋战，打了十二年仗。机智勇敢的花木兰始终没让人发现她

是个女子。她和将士们一次次地冲锋陷阵，奋勇杀敌。她一次又一次地立功，后来做了将军。

胜利归来之后，君主给了花木兰很多赏赐，还劝花木兰留下来做大官。但花木兰什么也不要，她非常想念家人，就和几个一起打仗的好伙伴回到了家乡。

花木兰一回到家，就关上房门，开始梳妆打扮起来。她摘下铁盔，脱下战袍，换上以前的青布衣裙，在额上贴上花黄。

等到花木兰再出现的时候，门外和她一起打过仗的伙伴们个个都看呆了。他们怎么也没有想到，和自己相处了十二年的花木兰原来是个漂亮的姑娘！

日积月累

井井有条　冲锋陷阵　浴血奋战

延伸思考

1. 读了故事，说说花木兰在你心中的印象。
2. 花木兰替父从军的故事，感动你的地方在哪儿？

李白和酒

名师导读

李白是唐代大诗人，素有“诗仙”的美誉，他爽朗、豪迈、乐观，喜饮酒作诗、结交朋友，是唐代伟大的浪漫主义诗人。据传，他的很多诗作都是在饮酒喝醉时所写，其豪迈、浪漫的文风在诗句里屡见不鲜，为人们广为传诵。本文提到的“李白斗酒诗百篇”描述的是李白写诗的一种很高的境界，但这里所诉说的其实是他低迷时期的故事。然而，他的诗歌却如同美酒一般醇厚，流芳千古。

唐代大诗人李白非常爱喝酒，常到采石街头的一家酒店里买酒。

店主鲁老爷表面对人和颜悦色，骨子里却心狠手辣。他手捻佛珠，口喊阿弥陀佛，肚子里却时常打着小算盘，总想着怎样盘剥酒保。他雇用的几个酒保个个忙到累弯了腰，到头来，还被他赶出门外。对于买酒的客人，鲁老爷起初非常热情，见到他们就点头哈腰，在想方设法掏空客人的钱囊后，他就冷眼相对，翻脸不认人了。

这天，李白又来到酒店。鲁老爷躺在椅子上捻着胡子，眯着眼打量着李白，心想：这个穷写诗的离开京城都好几年了，身上的钱大概花得差不多了。记得李白第一次进店时，他笑脸相迎，可是随着时间的推移，估摸李白的银子也快用完了，他的脸色便一次比一次难看。上次他递眼色给小酒保，让他别理李白，可酒保装作没看见，反而热情地为李白斟酒。临走时，酒保还给李白灌了一大壶上等美酒。鲁老爷看在眼里，疼在心里。他心想：这回怎么也不能便宜了李白。于是他站起身，踱到李白身后，弦外有音地说：“小店屋檐太低，酒池太浅，供不上李翰林这样的大酒壶啊！”❶

❶诗仙李白好酒，只可惜钱囊空空，境况一般。此处鲁老爷的心理活动和语言描写，完全围绕着李白的钱囊转：有钱，鲁老爷就笑脸相迎；没钱，他就不高兴。这里写出了鲁老爷的见钱眼开，也写出了李白的困窘。

李白知道自己上回给的酒钱还够买几壶酒，不过看着鲁老爷这副小气的模样，也就懒得同他争辩。李白便从怀里取出最后一锭银子往柜台上一掷。

“啪”的一声震得鲁老爷两眼发花，他连忙露出讨好的笑容，说：“有眼不识江底浅，没想到李翰林还有这么多酒钱。”又转身吩咐酒保：“快，找李大人钱！”

李白一挥袖子说：“算了，别找了，下次再来！”

鲁老爷喜得两眼眯成一道缝，一个劲儿地点头哈腰，说：“是！是！”

第二天黄昏，李白又来了，酒保又为他灌上满满一壶酒。第三天、第四天……李白一天一趟地跑酒店，这下子鲁老爷又不耐烦了。他算了算李白丢下的银子，差不多再有个把月就花完了。为了赚更多的黑心钱，鲁老爷支开酒保，偷偷地往李白的酒壶里兑水。

❷往酒里兑水，昧良心的生意经都用上了，鲁老爷赚的是黑心钱，而李白喝糊涂了，居然没怎么觉察。

李白尝了几口酒，觉得味道不对，但是也没说什

么。以后李白每次来，鲁老爷都装得特别热情，并亲自为李白倒酒，当然暗地里却是一次次地往酒里加水。到了后来，鲁老爷干脆给李白灌上满满一壶凉水。❷

李白还以为是酒呢，提着酒壶就往回走。当他路过独木桥时，有几个顽童在河边扔石子。一块石子向李白飞来，把他吓了一跳。李白把酒壶往怀里一揣，道："哎哟，别把我的酒壶打破了！"逗得几个顽童哈哈大笑。

李白来到船上拎起酒壶就喝，刚喝一口，就"呸"的一声吐了出来，原来酒壶里是又涩又浑的江水。他气坏了，想找店主理论去，可是这一带就这一家酒店，把店主惹烦了，以后再到哪儿去买酒喝呀！求店主施舍，那更不行，因为即便是在皇帝面前，李白也不愿低声下气，更何况是这种

卑鄙小人！❶

夜深人静，李白翻来覆去地睡不稳，想写诗，又写不出来。酒和他早就结下了不解之缘，一壶下肚，他能暂时忘记愁苦，诗兴大发，出口成章。可如今，在这满目凄凉的采石矶头，连唯一能使他解闷的酒都没有了。“李白斗酒诗百篇”，没有酒，就写不出诗。他叹了口气，静听着屋檐下淅淅沥沥的雨滴声，心都要碎了。❷

一天，李白路过一间茅舍，看见一位两鬓全白的老人家朝他点头微笑，还热情地请他到屋里坐。李白一进门，老人低头便拜：“感谢救命恩人！”

李白愣了，没明白是怎么回事。老汉含泪诉说道：“我姓戴，老家幽州。那年闹饥荒，我和老伴带着孩子上山剥树皮充饥，多亏遇见先生帮忙，我们才不至于饿死异乡。”

李白恍然大悟，连忙扶起老汉：“算不了什么，算不了什么。”

老汉说：“我的老伴去世后，多年来，我和孩子一直想找机会报答你。从金陵到庐州，从宣城到采石，我一直默默地追随着先生，自己平时靠捕鱼、打柴为生。”

李白也感动得热泪盈眶，一把拉住老人的手，关心地问道：“你的孩子呢？”

老人说：“喏，在酒店那边忙活。”

李白正想把鲁老爷以水当酒的事告诉老人时，老人从屋里抱出了一大坛子酒。“来，仙人，敞开怀痛饮吧！”老人拍拍胸说，“往后，你喝的酒全由我这老头子包啦！”李白乐得不知如何是好，憋了多天的酒瘾一下子全冲了出来，他端起酒杯一饮而尽。喝着喝着，也不知道喝了多少杯，李白终于醉了。他眯着醉眼，跌跌撞撞地走到门外，叫人拿笔来。老人知道李白诗兴大发了，赶忙递上准备好的笔墨纸砚。遥望滚滚的大江和落日晚霞，李白沉吟了一会儿，提起笔一挥而就：

天门中断楚江开，
碧水东流至此回。
两岸青山相对出，
孤帆一片日边来。❸

李白写完后，老人激动地捧起墨迹未干的草书，转身回茅屋，把它恭恭敬敬地贴在墙上。打那时起，这间普通的茅屋就热闹了起来。过路的、打柴的、捕鱼的，都想进来看看墙上的诗，有的抄，有的背。一传十、十传百，有的人还千里迢迢地专门来欣赏这首诗。每逢有人问起是谁写的，老汉总会竖起拇指，自豪地对大家说："这是仙人李白的手迹！他是喝了我酿的酒才写出这般好诗呀！"

于是，南来北往的人们都争着在戴老汉的茅屋里坐下来，喝上两盅，细细地品味着这醉人的美酒，领略着诗人创造的意境。渐渐地，老汉开起了酒店，除了为李白酿酒，还用辛勤的劳动为南来北往的客人们奉上醇厚的美酒。

从此，"太白酒家"的店号就亮了出来。

❶鲁老爷把满满一壶江水卖给李白，李白非常生气，但又没敢找鲁老爷算账，可见李白缺酒不得。

❷通过景色描写和心理活动描写，李白凄惨的境况一览无遗。"李白斗酒诗百篇"的热闹和豪迈不见了。

❸低迷的李白遇见戴老汉，通过两人的对话把前因后果交代清楚，而李白当年的救命之恩也得到了回报。喝了戴老汉捧来的酒就是不一样，李白诗兴大发，给戴老汉留下经典诗篇《望天门山》。

俗话说，同行是冤家。鲁老爷听说姓戴的白发老头儿酿酒手艺高超，生意兴隆，一肚子不快，加上自家酒店门庭冷清，酒客寥寥无几，不由气得吹胡子瞪眼。左思右想也没法子，他只得叫家人捧着几个大元宝，抬上两坛美酒，亲自去江边拜访李白，想请他写一首诗，也为自己的酒店撑撑门面。❶

❶与戴老汉“太白酒家”的门庭若市相比，鲁老爷的生意可真是凄凉。从待客之道、生意经、为人处世而言，鲁老爷就是个小人，生意没法兴旺。他还想着让李白写诗好招徕顾客，这可真是天方夜谭。

李白一眼看出鲁老爷的来意，冲他摆摆手：“你家酒池太浅，供不上我喝啊！”说罢上船走了。竹篙一点，小船离开江岸，朝江心驶去。随着李白的歌声，他那高大的身影渐渐地融进了落日的余晖。

鲁老爷急得像热锅上的蚂蚁，声嘶力竭地喊道：“仙人，仙人，你停停！有话好说，好说！”

不久，鲁家酒店关门了，而戴老汉“太白酒家”的生意却一天旺过一天。一年后，戴老汉不幸病故，李白听到消息后悲痛欲绝。他把酒洒进长江，整整哭了三天三夜，写下一首悼念戴老汉的诗：

戴老黄泉下，
还应酿大春。
夜台无李白，
沽酒与何人？

从此以后，沿江一带许多酒店总以“太白酒家”“太白遗风”作为店号，并用布写好，挂在门前廊下。

日积月累

心狠手辣　低声下气　寥寥无几　声嘶力竭

延伸思考

1. 比较分析一下鲁老爷和戴老汉为人的不同之处。

2. 试着翻译李白的诗《望天门山》。

画扇判案

名师导读

苏东坡是北宋著名文学家、书画家，“唐宋八大家”之一。他出身名门，少时随父出川赴京参加科举考试，其诗文便得到欧阳修的大力夸赞，并名动京师。他是北宋中期文坛领袖，但他的仕途十分坎坷，很不得意。然而，他始终是一位淡定乐观、宠辱不惊的清官。民间流传着很多关于他为官正派、一心只为百姓办事的故事。下面来听听他在杭州的故事。

苏东坡要到杭州做刺史了。这个消息一传出，刺史衙门前每天都挤满了人。老百姓想看一看苏东坡上任的威武场面，可是，大家伸着脖子盼了好多天，都没有盼到。❶

这天，有两个人扭打着来到衙门，把那堂鼓擂得震天响，呼喊着要告状。衙役出来吆喝道：“新老爷还没上任哩，要打官司过两天再来吧！”那两个人正在火头上，也不管衙役拦阻，硬要闯进衙门里去。

这时，衙门照壁那边转出一头小毛驴来。毛驴上骑着一个大汉，头戴方巾，身穿长袍，紫铜色的面孔，长着一脸络腮胡子。他嘴里说：“让条路，让条路！我来迟啦，我来迟啦！”只见小毛驴穿过人群，一直往衙门里走。衙役赶上去，想揪住毛驴尾巴，但已经来不及了，那人直闯大堂去了。❷

大汉把毛驴拴在廊柱上，信步跨入大堂，在正中的虎座上坐了下来。管衙门的二爷见他这副模样，还当是个疯子，于是跑过去喊道："喂！这是虎座呀，随便坐上去要杀头的！"

大汉只顾哈哈笑："哦，有这样厉害呀！"

管衙门的二爷说："当然厉害！虎座要有金印子的人才能坐。"

"这东西我也有一个。"大汉从包里摸出一个亮闪闪的金印子，往案桌上一搁。管衙门的二爷见了，吓得舌头吐出三寸长，半天缩不进去。❸原来他就是新上任的刺史苏东坡啊！

苏东坡没来得及贴告示，也没来得及放号炮，一进衙门便坐堂，直叫衙役放那两个要告状的人进来。他一拍惊堂木，问道："你们两个叫什么名字？谁是原告？"

两个人跪在堂下磕头。一个说："我是原告，叫李小乙。"另一个说："我叫洪阿毛。"

苏东坡问："李小乙，你告洪阿毛什么状？"

李小乙回答说："我帮工打杂攒下十两银子，早两个月借给洪阿毛做本钱。我和他原是要好的邻居，讲明借钱不收利息；但我什么时候要用钱，他就得什么时候还我。如今，我相中了一房媳妇，急等银子娶亲，他非但不还我银子，还打了我！"

❶苏东坡二任杭州，新官还未上任，杭州百姓就早有耳闻，把刺史衙门围了个水泄不通。通过场景描写衬托出苏东坡的威名。

❷转出一个骑着毛驴的大汉，还大声嚷嚷，其率性可见一斑。此处苏东坡的外貌特征描写、语言描写、动作描写，给读者留下了深刻的印象。

❸夸张描写。从管衙门的二爷的惊讶程度，可见苏东坡出场的出人意料，并未见威武的场面，侧面也反映了苏东坡和蔼可亲的性格。

苏东坡转过头来问洪阿毛："你为什么欠债不还，还要打人？"

洪阿毛急忙磕头分辩道："大老爷呀，我是赶时令做小本生意的，借他那十两银子，早在立夏前就换成扇子了。没想今年过了端午节天气还很凉，大家身上都还穿夹袍呢，谁来买我的扇子呀！这几天又接连阴雨天，扇子放在箱里都发霉啦。我是实在没有银子还债呀！他就骂我、打我，我一时在气头上就打了他一拳，这可不是存心打的。"

❶洪阿毛借钱做了赔本生意，硬罚他还钱看来行不通，在他手上生生折损了二十把扇子。苏东坡既没动粗又没怒发冲冠，他让洪阿毛拿来扇子，并在扇子上画画，还轻松说案子可以结了。这唱的哪出戏？引出下文。

苏东坡在堂上皱皱眉头，说："李小乙娶亲的事情要紧，洪阿毛应该马上还他十两银子。"

洪阿毛一听，在堂下叫起苦来："大老爷呀，我可实在是没有银子还债呀！"

❷二十把扇子分给两个闹官司的人，苏东坡让他们拿上扇子联手到衙门口卖。"画扇判案"让人叫绝。

苏东坡在堂上捋捋胡须，说："洪阿毛做生意赔了本，也实在很为难。李小乙娶亲的银子还得另想办法。"

李小乙一听，在堂下喊起屈来："大老爷呀，我辛辛苦苦地攒下这十两银子可不容易呀！"

苏东坡笑了笑，说："你们不用着急。现在洪阿毛马上回家去拿二十把发霉的折扇给我，这场官司就算是两清了。"洪阿毛高兴极了，急忙爬起身，一溜烟跑回家，拿来二十把白折扇交给苏东坡。苏东坡在案桌上将折扇一把一把地打开，磨浓墨，蘸饱笔，挑那霉

印子大块的，画成假山盆景；拣那霉印小点的，画成松竹梅岁寒三友。一会儿，二十把折扇都画好了。❶

他拿十把折扇给李小乙，对他说：“你娶亲的十两银子就在这十把折扇上了。你把它们拿到衙门口去，喊‘苏东坡画的画，一两银子一把’，马上就能卖掉。”他又拿十把折扇给洪阿毛，对他说：“你也到衙门口去卖，卖得十两银子当本钱，另做生意。”❷

两个人接过扇子，心里半信半疑。谁知刚跑到衙门口，只喊了两声，二十把折扇就被一抢而空了。李小乙和洪阿毛每人捧着十两白花花的银子，欢天喜地地各自回家去了。

人们把苏东坡“画扇判案”的新鲜事到处传颂，你传我传，一直到今天还有人在讲呢。

日积月累

半信半疑　欢天喜地

延伸思考

1. 苏东坡“画扇判案”妙在哪里？试着结合故事分析。
2. 你了解到的苏东坡是个怎样的人？结合故事分析。

钱王射潮

名师导读

民间传说钱塘江潮神和东海龙王一同住在东海里。潮神干尽恶事，总是掀起凶猛的潮水冲垮岸边修建的堤坝，破坏力很强。人们拿他没办法，既不能出船捉拿他归案，又治理不住如排山倒海的潮水。一个叫钱镠的人当时主政江浙一带，他想了个办法，决定治治让人们闻风丧胆又束手无策的潮神。

钱塘江的潮水总是非常凶猛，潮头很高，两岸的堤坝总是被冲坏，一年到头总是修修补补。居住在两岸的人们为了阻挡潮水，花了大量的人力和物力，但仍然没有更好的方法挡住潮头。

五代十国时期，一个叫钱镠的人主政江浙一带，因为他十分勇敢，人们都称他为钱王。

钱王手下把各项事情都做得顺顺当当，有声有色，唯独钱塘江让他们头痛不已。潮水一天来两次，每次大堤刚修好，浪头就将大堤冲垮了，根本没有法子把海堤修筑得更坚固。

钱王手下的人只好报告钱王说："钱塘江潮神总跟我们作对，每次等到我们辛辛苦苦地把海堤修得差不多的时候，他就施展法术，兴风作浪，卷起潮头，把我们的海堤冲塌了。这个海堤我们还是不修了吧，修来修去，白费力气。”

钱王听了勃然大怒，厉声喝道：“这个可恶的潮神，你们为什么不把他捉住？”

手下人慌忙解释说道：“大王，我们没办法杀他。您想想，他是个潮神，住在大海里面，和海龙王在一起哩！我们没法去找他。而等到他出现的时候，却总是翻起潮水，波浪滔天，我们这些人肉眼凡胎，既看不到他，也没法子捉拿他。哪怕就是坐着铁打的船，载着一万名官兵去杀他，只要一碰到潮头，连船带人也会给吞没了的。”❶

❶借钱王手下的一席话，描述了传闻中的潮神：恶事做尽却捉拿不得。侧面也写出了钱塘江潮水给当地带来了灾害，而治理起来非常难。

钱王听了更加生气，大吼道：“难道就真的没有办法制服他，而任由这个小小的潮神胡作非为吗？不行！”

钱王静下来，仔细地想了一想，说道：“好吧，我亲自去降伏他好了。到八月十八日这一天，给我聚集一万名弓箭手到江边。我倒要看看这个潮神到底有多厉害！”

八月十八日是潮神的生日，这一天的潮头最高，水势更是排山倒海。而且，在生日这一天，潮神是一定会兴风作浪的。

到了八月十八日这一天，钱王来到江边的台上，一万名精兵早就排好阵势，一个个雄赳赳、气昂昂地拿着弓箭，望着江水。

钱塘江沿岸的百姓，受尽了潮水灾害之苦，今天听说钱王要射杀潮神，个个都欢呼雀跃，争着观战助威。几十里长的江岸，黑压压地挤满了人。❶

眼看时辰快到了，钱镠对着江水大声喝道：“喂，潮神，你听好了！如果你答应今后不再兴风作浪，冲垮堤岸，危害百姓，我就放过你，饶你不死，否则，你必遭严惩。”

钱镠的声音很大，人们听得一清二楚。岸上的百姓以及弓箭手听了，都欢呼起来，声音如同雷鸣一样。大家神色紧张地面对江水观看动静。

可是，狂妄自大的潮神并没有理睬钱镠的告诫。一会儿，但见江海相接的远处有一条白线飞速地滚来。白线越来越快，越来越猛，浪头越来越高，等到近时，巨浪翻滚着直向钱镠所在的高台冲来。

钱镠忙大喊一声：“放箭！”话音刚落，岸上万箭齐发，直射潮头。围观的百姓们跺脚拍掌，大声地呐喊助威。一万支箭射出了，接着又是一万支箭，霎时间，箭像雨点一般射向浪头。❷

在万箭齐发的强大威力下，潮神竟然不能再向岸边移动半步，刚才那气势汹汹的架势，一下子消失得

❶ 场面描写。此处人人出动观战的壮观景象，既映衬了钱塘江的汹涌澎湃，又渲染了“人”与“潮神”之间剑拔弩张的紧张时刻。

❷ 潮神汹涌澎湃地扑向岸边，巨浪能卷走不留神的人们，它带来的是灾害，人们应该敬畏它的力量。此处齐刷刷射出去的箭雨，以及围观百姓的助威，表达的是人类战胜潮神的必胜决心。

无影无踪。

钱镠绝不给潮神喘息的机会，又下令:“射箭!”一时间，又是万箭齐发。

潮神这时才知道钱镠的厉害，只得弯弯曲曲地向西南逃去，消失在天水尽头。

后来，人们在钱王所站台子处建成了六和塔，而钱塘江的潮水只要一到六和塔边就成为强弩之末，没有更大的冲劲了；而在六和塔前，江水弯弯曲曲地向前流，像个“之”字，所以人们又把这段江叫作“之江”。

在钱镠怒射潮头之后，海堤终于得以建成。百姓们为了纪念钱镠这次射潮的功绩，就把江边的海堤叫作“钱塘”。

日积月累

勃然大怒　胡作非为　欢呼雀跃　强弩之末

延伸思考

1. 钱王射潮的意义是什么?
2. 说说修筑海堤给钱塘江一带带来的好处。

冰冻遂城

名师导读

北宋抗辽名将杨延昭自幼随父抗辽，他英勇善战，治兵有术，爱护部下，威震边庭，人们称他守卫的遂城为“铁遂城”。因为抗辽有功，使边关一度安宁，他深得百姓爱戴。宋真宗称赞杨六郎“治兵护塞有父风”。他誓死守卫遂城，抵抗二十万辽兵犯境的故事，至今仍被人们传诵。

宋朝时候，契丹发来二十万辽兵犯境，边关吃紧。当时杨家的六郎杨延昭正在遂城。遂城北临瀑河，隔河就是一道古长城。❶

> ❶ 开篇直接点明战役即将打响。遂城是边防要地，也是辽兵南侵必经之地。二十万辽兵不可小觑，但守城的是北宋抗辽名将杨延昭，他威名远扬，且占有地形优势。

遂城城小，兵力不足，守城军只有三千人。辽兵来得很快，骤然间兵临城下，将城围住，并且一连几天数次攻城，一次比一次攻得猛烈。可是遂城的老百姓好像和平常一样，没有任何的不安。

杨六郎感到奇怪，他问老百姓：“辽兵这么攻城，你们不害怕吗？”

老百姓回答：“有杨将军在此镇守，辽兵是攻不破的！”

杨六郎一听老百姓对自己如此信任，更感到责任重大。于是他把全城的青壮年召集起来，发给他们刀枪剑戟，动员他们配合军队一起上阵护城。士兵和老百姓誓与遂城共存亡。❶

❶杨六郎智勇善战，素来被部下所信赖，又抗辽有功，深得百姓爱戴。全民动员，军民一条心，誓与遂城共存亡。此战，辽兵要攻城很难。

这时候正是十月，天气突然变冷。杨六郎见此情景，急中生智，忙令军民汲水灌城。晚上，往城墙上浇一遍水，马上就结成一层冰，浇了一夜水，结了一夜冰。到第二天早晨一看，那高大的城墙白闪闪、亮晶晶，成了一道冰的长城，又坚又滑，不可攀登。❷

❷十月天气骤冷，杨六郎急中生智，汲水灌城墙，一夜就铸了一座冰城。天助杨六郎，与辽兵一战，胜券在握。

辽兵冲到城下，前来登城，一蹬一出溜，一爬一打滑，有的好不容易爬到半截腰，一出溜又摔下去了。伏在城上的宋军趁机滚下石木，万箭齐发，辽兵死伤者不计其数。

辽兵数日攻城不下，只好下令退兵。杨六郎趁机将城门打开，亲率大军冲杀出城，直杀得辽兵丢盔弃甲，狼狈而逃。这一仗，生擒辽兵上千，马匹近万，还缴获了大批武器。

杨六郎因为这场战役，被宋真宗加官晋爵，调升为莫州刺史。契丹犯边，一路烧杀掠夺，百姓深受其苦。杨六郎先后率兵打退辽兵一百多次进攻，保卫了边关，因而深受人们的爱戴。

日积月累

摩拳擦掌　丢盔弃甲　加官晋爵

延伸思考

1. 读了故事，请概括分析一下杨六郎在遂城一战中大败辽兵的原因。
2. 二十万辽兵犯境，兵临城下，老百姓却不感到害怕。这说明了什么？

芒种和荞麦

名师导读

芒种是农历二十四节气之一，人们在这个雨量充沛的时节收种农忙，这是一个代表成熟和收获的节气。关于芒种，民间流传着一个凄苦的故事。故事情节跌宕起伏，人物悲惨的命运牵动着读者的心。故事中荞麦种子的播撒，表达了人们对幸福生活的美好向往。

相传在很久以前，太行山深处的一个村子里，住着一对相依为命的母子。母亲已经年迈，家里家外都靠二十多岁还没娶亲的儿子芒种辛苦操持。为了让母亲冬日吃上一口鲜鱼，芒种甚至不怕严寒，破冰捞鱼。

在芒种家不远处，住着一位聪明伶俐的姑娘，她叫荞麦。可怜的荞麦姑娘，她的父母很早就去世了。荞麦姑娘不仅相貌出众，心灵手巧，而且疾恶如仇。无论财主们如何威逼利诱，她都不为所动，却对勤劳的芒种情有独钟。俗话说，“有情人终成眷属”，芒种最终和荞麦结为夫妻，并有了孩子，一家人幸福地生活在一起。

芒种和荞麦生活的地方土地贫瘠，每年不到三伏不落透雨，历来五谷难有好收成。话说这年，芒种生活的地方再遇大旱，无奈之下，他决定将心爱的小马卖掉，换些粮食以备过冬。

这天晚上，心急如焚的荞麦终于等到了卖马归来的芒种。可奇怪的是，芒种竟然两手空空。一番询问才知道，憨厚耿直的芒种竟然让买主赊了账，而买主只留下了“一句话”地址和名字——“我叫东北风，来自冰凌宫，家住花木凋零寨，兄弟居官在京城”。❶

芒种的母亲觉得儿子一定是被人骗了，但聪明的荞麦却猜出了其中的意思。她说：“东北风吹来阵阵寒，可不就是‘韩’字？冰凌宫是条来路源，可不就是‘露’字？这个买马驹的人就叫韩露。花木凋零寨没有花开，这个村子应该就叫落花村。”果不其然，芒种最终在落花村找到了买马的韩露。

❶ 忠厚老实的芒种去卖马却两手空空而归，买主赊了账，却是官宦家族。平民百姓遭遇恶霸，情理天地不容。此处已暗示了芒种和荞麦的悲惨命运。

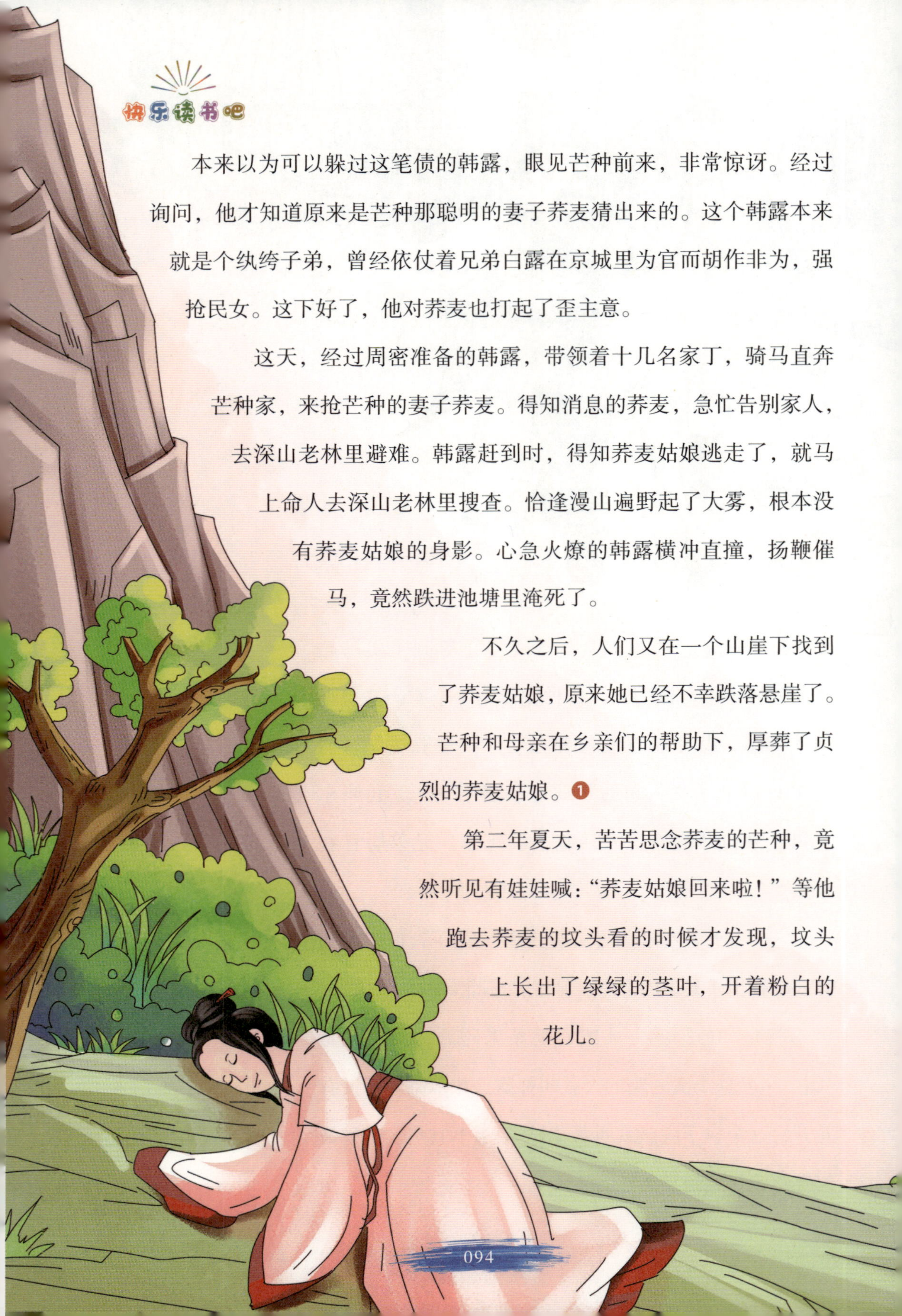

本来以为可以躲过这笔债的韩露，眼见芒种前来，非常惊讶。经过询问，他才知道原来是芒种那聪明的妻子荞麦猜出来的。这个韩露本来就是个纨绔子弟，曾经依仗着兄弟白露在京城里为官而胡作非为，强抢民女。这下好了，他对荞麦也打起了歪主意。

这天，经过周密准备的韩露，带领着十几名家丁，骑马直奔芒种家，来抢芒种的妻子荞麦。得知消息的荞麦，急忙告别家人，去深山老林里避难。韩露赶到时，得知荞麦姑娘逃走了，就马上命人去深山老林里搜查。恰逢漫山遍野起了大雾，根本没有荞麦姑娘的身影。心急火燎的韩露横冲直撞，扬鞭催马，竟然跌进池塘里淹死了。

不久之后，人们又在一个山崖下找到了荞麦姑娘，原来她已经不幸跌落悬崖了。芒种和母亲在乡亲们的帮助下，厚葬了贞烈的荞麦姑娘。❶

第二年夏天，苦苦思念荞麦的芒种，竟然听见有娃娃喊："荞麦姑娘回来啦！"等他跑去荞麦的坟头看的时候才发现，坟头上长出了绿绿的茎叶，开着粉白的花儿。

到了秋天的时候，那植物上还结出了饱满黝黑的三棱形籽粒，芒种将那些籽粒收藏起来，把它们叫做“荞麦”。

后来，芒种节气前后播种荞麦等各种种子的习俗，也逐渐在民间传播开来。

❶恶霸光天化日之下强抢民女，跌入池塘淹死，罪有应得。可怜荞麦姑娘因逃难跳下山崖，宁死不屈。故事情节跌宕起伏，人物命运凄惨。

日积月累

疾恶如仇　心急如焚

延伸思考

1. 芒种和荞麦姑娘凄惨的命运表现在哪里？结合故事说说。
2. 关于芒种节气的习俗，除了文中提到的，你还了解哪些？

朱元璋和腊八粥

名师导读

腊八节喝腊八粥的习俗，最早起源于宋代。人们在腊八节当天熬粥，先敬神祭祖，然后赠送亲友，再供家人食用，而且还要剩下一些腊八粥，讨得一个“年年有余”的好兆头。关于腊八粥，还有一个故事呢。相传明朝皇帝朱元璋小时家境贫寒，有一年腊月时节，一锅杂米粥救了他一命。这种杂米粥后来流传到了民间，演化成八种原料熬成的“腊八粥”。

传说明朝皇帝朱元璋小的时候，家境贫寒，为了给家里减轻负担，曾经给当地的一位地主当放牛娃。这个地主既凶狠又刻薄，只要小朱元璋有一点差错，就会拳脚相加，甚至几天不给饭吃。

有一年腊月时节，朱元璋牵着一头老水牛过一个非常狭窄的木桥时，一不小心踏空跌下桥去，摔伤了一条腿。这下可把地主气坏了，他不仅暴打了朱元璋一顿，还将他关在杂物房里，不给饭吃。

连续两天两夜没吃没喝的朱元璋，渴得嘴唇干裂，饿得眼冒金星。到底该怎么办呢？他开始在屋子里到处搜寻，结果没有找到吃的，只找到了一口破锅。

就在朱元璋几乎要放弃的时候，有只老鼠从他面前窜过，逃到了一个洞里。朱元璋立刻追到洞前，开始挖起来。结果，他没抓到老鼠，却发现了老鼠的“粮仓”，里面藏着大米、豆子、红枣等各种粮食。这些东西虽然每样都不多，但合在一起也不少。❶

小朱元璋顿时有了主意，他想办法求家丁弄了些水，然后他将粮食放进破锅里煮熟。这一锅米粥最终救了朱元璋的性命，使他不致沦为饿殍。❷

后来，朱元璋揭竿而起，最终乱世称雄，建立了明朝，做了皇帝，不再为吃穿发愁。

有一年的腊月时节，朱元璋突然想起了当年熬的粥。于是，他就命令御厨按照自己记忆中的样子，做出了一大锅粥来。这不仅仅是回忆过去，更是希望忆苦思甜，让自己和文武百官能够居安思危，不忘今日荣华富贵的来之不易。

久而久之，这种杂米粥传到了民间，并逐步演化成了用八种原料熬成的腊八粥。

❶ 此处写明了年幼的朱元璋被地主欺压，命运凄惨，而人人喊打的老鼠居然比他还“富有”，连“粮仓”都有。

❷ 米粥确实喂饱了饿了两天的朱元璋，这从侧面写出了年幼的朱元璋以及跟他一样命运的人的凄惨境况。

日积月累

揭竿而起　居安思危

延伸思考

1. 读了故事，说说年幼的朱元璋命运悲惨在哪里。

2. 你还听说过哪些关于腊八粥的故事？

朱元璋册封凌霜侯

名师导读

在我国的一些地方，流传着“霜降吃丁柿，不会流鼻涕”的说法。有些地方的人还认为，霜降吃柿子，是为了防止冬天嘴唇开裂。霜降时节要吃红柿子，在人们看来，不但可以御寒保暖，而且还能强壮筋骨。关于霜降这天吃红柿子的习俗，据说最早可以追溯到明朝皇帝朱元璋那里。

朱元璋是明朝的建立者。他幼时家境贫寒，缺衣少食。为了果腹，他不得不拿起讨饭碗、扯起打狗棍四处讨饭。

有一年霜降节，朱元璋已经两天没吃饭了，饿得两眼发黑，四肢无力。当他跌跌撞撞地走到一个小村庄时，顿时眼前一亮：不远处的村口有一棵柿子树，上面结满了红红的柿子。朱元璋高兴极了，连忙使出浑身力气爬到树上，吃了一顿柿子大餐，这才捡回了一条命。

说也奇怪，整个冬天，他都没有流鼻涕，也没有裂嘴唇。

若干年后，朱元璋乱世称雄，当了皇帝。有一年霜降节，他领兵再次路过那个小村庄，发现那棵柿子树还在，上面依然挂满了红红的柿子。

面对此情此景，朱元璋百感交集，要知道正是这棵柿子树才让自己免于饿死。他仰望着这棵普普通通的柿子树，缓缓地脱下自己的红色战袍，郑重其事地把战袍披挂在柿子树枝上，并封它为“凌霜侯”，之后才依依不舍地离去。

这个故事在民间流传开来后，霜降吃柿子的习俗就逐渐地形成了。

日积月累

百感交集　郑重其事　依依不舍

延伸思考

1. 朱元璋为什么册封一棵柿子树为“凌霜侯”？

2. 除了吃红柿子，霜降时节还有哪些习俗?

立夏日称人

名师导读

立夏时节，民间风俗不少，尤以“称人”最妙。所谓“称人”，就是人们在村口或其他地方，悬挂上一杆特制的大木秤，秤钩悬一张凳子或一只大筐，所有人无论男女老幼轮流坐到这个凳子上面或大筐里，进行称重。每次称人，掌控大木秤的司秤人往往一面打秤花，一面讲着各种吉利话，以讨个吉祥。“称人”的由来，流传最广的，要数朱元璋的故事了。

元朝末年，天下民不聊生，朱元璋和许多人一样揭竿而起，但不幸的是，他手下的一员大将常遇春，竟然在一次战斗中不幸被元军俘虏了。

朱元璋得知这一消息后，简直就像热锅上的蚂蚁，坐立不安，后来经过多方打探才知道常遇春被关进了监牢。❶为了保住常遇春的性命，朱元璋一面叫人去买通元军的将领，一面通过朋友贿赂常遇春所在大牢的牢头，希望他们可以好生对待常遇春，不要让他遭罪。

看管常遇春的牢头，早看出元朝气数已尽，怀有投敌之心，正想着巴结朱元璋，于是欣然同意了对方的要求。

他思考着，如何才能名正言顺地让常遇春少受罪，又让朱元璋知道爱将在牢中待遇优厚呢？否则弄巧成拙，说不定就会性命不保。这让牢头犯了难，一连好多天都愁眉不展。❷

牢头的妻子见丈夫一连几天寝食不安，似有心事，就追问缘由。于是，牢头就把事情全都告诉了她。妻子听后，不仅不见愁容，反而哈哈大笑起来。她说："这有什么难的？好办！好办！你可以先称一下这个常遇春，看他到底有多重，然后再好酒好肉地招待他，只要他不瘦下来，那不就说明他在牢里没遭什么罪吗？"

听了妻子的话，牢头马不停蹄地赶到了牢房，按妻子所说给常遇春称了体重。说来也巧，这天正好是

❶把朱元璋着急的心情比作热锅上的蚂蚁，可见他非常看重大将常遇春，担心他受到伤害。

❷此处牢头的心理活动描写，从侧面写出了元朝气数已尽。牢头见机行事，决定投靠朱元璋。牢头是朝代更迭、政局风云变幻中的小人物的代表。

那年的立夏日。

打这天以后，牢头每天都好酒好菜地招待常遇春，生怕他瘦下来。

一年很快过去了，朱元璋终于率军攻克了关押常遇春的这座城池，顺利地从牢中救出了常遇春。为了表功，牢头就当着朱元璋的面，叫人再次称了一下常遇春的体重。常遇春不仅没瘦，反而比上年重了足足十斤。无巧不成书，这一天也是立夏日。

明白了事情原委的朱元璋，不禁大喜，他笑着说：“好啊，好啊，立夏日，称人，称人。”从那以后，这个立夏“称人”的习俗，就在民间流传了起来。

日积月累

民不聊生　弄巧成拙　寝食不安

延伸思考

1. 牢头称常遇春体重的原因是什么？
2. 除了“称人”的习俗，立夏日还有什么习俗？

挂红灯笼

名师导读

朱元璋当了明朝皇帝后，民间流传有不少有关他的暴行的故事，文武百官忧心忡忡，百姓更是人心惶惶。据说，他为报一箭之仇，派出心腹大将和五百士兵前往无锡，打算杀害全城老百姓。幸好他的谋臣通风报信，无锡家家户户门口一夜便都挂上了红灯笼。谁都没想到，区区一盏大红灯笼，竟救了无锡全城老百姓的命。

朱元璋做了明朝的皇帝以后，刚愎自用，崇尚武力。

传说，由于曾受过伤，一到阴雨天，他手臂上的箭伤就隐隐作痛。于是他叫来心腹大将胡大海，竟吩咐道："我的手臂是在攻打无锡时被守军射伤的。现在我命令你带五百士兵前往无锡，杀它个三天三夜，为我报这一箭之仇。"为了一箭之伤而杀害全城百姓，文武大臣都为皇帝的暴行而忧心忡忡。

消息传到谋臣张之斋那里，他急忙去见胡大海，说："我的亲朋好友都在无锡，你带兵在那儿大开杀戒，我的家族可怎么办呀？"

胡大海笑道："张大人尽管放心，看在咱俩的交情上，我一定不会伤害他们。"

张之斋皱起了眉头:“这怎么可能呢?你不知道我家住在什么地方,不认识他们啊!”

胡大海低头思索了一会儿,说:“这样吧,张大人你赶紧通知无锡的亲友,让他们在自家大门口挂上一盏红灯笼,到时候谁家挂红灯笼我就不杀谁。”

张之斋一听,觉得这主意不错,心中大喜,立即写信通知了无锡的亲朋好友。

等胡大海带着五百士兵赶到无锡时,只见大街小巷空无一人,而家家户户门口都挂着一盏大红灯笼,根本看不出哪家是张之斋的亲友。胡大海一看,心里就明白了。他带着人马在城里转了三天,一个人也没杀,然后就回京城交差了。

无锡的百姓很感激张之斋的救命之恩,因此每逢农历七月,家家户户都在屋檐下挂起灯笼。后来,挂灯笼的风俗又传到了其他地方。

日积月累

刚愎自用　忧心忡忡　大街小巷

延伸思考

1. 朱元璋为什么要杀无锡的老百姓?
2. 胡大海为什么没杀无锡的老百姓?

海瑞除二张

名师导读

海瑞是明朝著名清官，素有“海青天”之誉。他清正廉洁，不献媚权贵，刚正不阿，严惩贪官污吏，打击豪强，屡平冤假错案，为民除害，深得民心。下面来听听他为民除害、大快人心的故事。

海瑞是明朝一位清官，他为老百姓做了不少好事。

一天，海瑞正要乘轿出巡，忽然有人击鼓鸣冤。海瑞改变主意，立即升堂。

告状的是一位山村民女，十七八岁，名叫黄珠珠。她长得非常漂亮，但身上的衣服被撕破了，头发散乱，痛哭流涕，手脚上还带有血迹。

原来，兵部尚书张鳌有两个侄子，名叫张魁和张豹。他们从南京来到兴国买木料，偶然碰上了黄珠珠，见她年轻漂亮，就想霸占她。黄珠珠宁死不屈，而她的父母在劝阻之时竟被活活打死，她则趁乱逃到县城鸣冤告状。

海瑞听了非常气愤，当即安顿了黄珠珠，决定捉拿张魁、张豹。但这二人手下有很多家丁，怎么才能抓到他们呢？海瑞再三考虑，想出一条妙计。

第二天，海瑞带着几个衙役，抬着山珍海味来到张魁、张豹住的地方。一进门，海瑞就说："二位辛苦，下官失迎了！今天特来慰劳。"

张魁、张豹原本没把海瑞放在眼里，但一看到山珍海味，就十分嘴馋，便连声说："有失远迎，有失远迎。"于是，三人一同坐下攀谈起来。

海瑞很会说话，很快就取得了张魁、张豹的信任。海瑞趁机邀请他们进城做客，并说："二位如有赏舞听曲的雅兴，一定得来。"

次日，张魁、张豹早早地来到了县衙。二人刚进县衙大门，忽听一声："拿下！"左右拥出两班衙役，将他们俩捆了个结结实实。❶

海瑞立即升堂问罪。起初两人不肯招认，海瑞叫黄珠珠出堂作证，他们才无法抵赖。但两人自认为是兵部尚书的亲侄儿，海瑞不敢把他们怎么样，于是反问道："海大人，你忘了我们是谁了吗？"

海瑞火冒三丈，大声地回答："王子犯法，与庶民同罪！知法犯法，罪加一等！"说完，他吩咐衙役将两人各打四十大板，送进死牢。❷

张家的家丁赶忙回京禀报张鳌。张鳌听后心急火燎，派人送来亲笔书信和千两白银，并以升官晋爵相许，要海瑞立即放人。海瑞严词拒绝，刑期一到，便

❶ 豪强恶霸张魁、张豹霸占民女、践踏平民性命，恶事做尽。海瑞使妙计把他们捉拿归案，大快人心。

❷ 通过对话描写，刻画了一个不献媚权贵、刚正不阿的清官形象。

❸ 海瑞不畏权贵，快刀斩乱麻，为民除害。

斩除了张魁、张豹。当恶徒被处斩的消息传开时，老百姓都拍手称快。③

日积月累

痛哭流涕　宁死不屈　拍手称快

延伸思考

1. 简述海瑞是如何拿下张魁、张豹的。
2. 你从海瑞身上看到了什么精神?

灯草姑娘

名师导读

明朝年间，民间流传有个叫沐定的姑娘，从旁人不搭不理的水生野草中，发现了灯草。她把草芯放在灯盏里当作灯芯，点燃的油灯特别明亮，所以人们称她为“灯草姑娘”。灯草姑娘聪明伶俐，还用草壳编织了灯草席子。她的灯芯和灯草席子远近闻名，人们无不夸赞。这是个勤劳致富的故事。

明朝年间，将领沐英征讨云南，平定云南后镇守当地，大力发展屯田。随后迁移到会泽县的百姓中，有位名叫沐定的姑娘，住在鲁机村，是沐国公的后代。她的丈夫姓李，是个勤劳的农民。夫妻二人虽然勤劳，但因租税负担太重，日子也不怎么好过。间或年景稍好，而后谷贱伤农，一样贫困。

❶借旁人言语，刻画了沐定姑娘聪敏细心、勤劳能干的形象，语言幽默诙谐。

沐定姑娘生性聪敏，做事细心，实在是个巧媳妇。她心灵手巧，做事情总要想出多种方法来。扫地拿扫帚，左手拿，右手拿，怎么拿都行；别人扫不干净的地，只要交给她，任何坑坑洼洼的地方，眨眼工

夫，便扫得干干净净。

大家都说：“沐定姑娘扫的地，躺下去打个滚再爬起来，身上都不会沾灰。”[1]

沐定姑娘平时喜欢到田边、河畔摘些狗尾巴草、蚊子草、小青藤等，回家编成一些花篮、小灯笼等给孩子们玩。

一天，她摘了一些圆茎、杆细长的多年水生野草，打算编个小绣球。回到家后，她发现水草杆里面有柔软细白的草芯。她想：这白生生、软乎乎的东西，用作枕芯一定很好。

她后来又发现这些草芯容易燃烧，可放在灯盏里当作灯芯，比用棉线条点灯还要好得多。不仅轻便、省油，而且燃烧时灯火明亮、油烟又少。

于是，沐定姑娘把这种不知名的水草取名为“灯草”，把里面的草芯叫作“灯芯”。❶

她和丈夫商量以后，把家里的秧田腾了一丘出来，专门移栽这种野生水草。经过她勤勤恳恳的培育，这种水草长得更为肥实，杆子也更长了，做出来的灯芯又长又白又粗壮。余下的草壳，还可以用来编织草帽、锅盖、箩筐、提篮之类的小手工艺品。后来，她又用灯草做原料，编织灯草席子，垫在床上非常柔软，也可以用来晒粮食。

❶交代灯草发现的过程。沐定姑娘聪明伶俐，她善于从生活中发现商机，下文中有更进一步的叙述。

沐定姑娘把这些手工品拿到市场上出售，因价廉物美，轻便耐用，受到人们的欢迎。小两口儿计算了一下，种一亩灯草比种十亩谷子的收入还要多。于是，他们把这种野生水草变为家种，逐年发展，越种越多，生活也越来越好。

❷沐定姑娘将心比心，把披灯草、编席子的手艺传授给了同村乡邻。她惠及大众，除了收获富有，也收获了美名。

同村乡邻看到沐定家的变化，羡慕不已，也偷偷地学种灯草，但是始终找不到做灯芯及编织席子的窍门。找沐定姑娘求教者日渐增多，但沐定夫妇十分保守，不愿传授。

有一年，因积劳成疾，沐定全家都病倒了。村里有一位五十多岁的姚大妈，她心地善良，乐于助人，看到沐定家的窘况，便邀约了村里的几个妇女，给沐定姑娘家送粮送药，帮她家料理生活。沐定夫妇深受

感动，十分内疚地说道：“乡亲们真好，我们对不起大家。”沐定姑娘病好后，就把做灯芯、编席子的手艺教给了全村妇女。❷

后来，会泽县鲁机村的席子、灯芯畅销滇东北，继而又传到迤西、迤南，遍及全省，远销四川、贵州，甚至传入了京城。

日积月累

价廉物美　积劳成疾

延伸思考

1. 沐定姑娘为何能发现灯草？
2. 你从沐定姑娘身上学到了什么？

祭拜灶王爷

名师导读

灶王爷是中国民间传说中的神话人物，他掌管家家户户的灶火和全家祸福。祭拜灶王爷的习俗源远流长，据记载，祭灶习俗在先秦时已经流行。古时，不论王公贵族，还是平民百姓，家家户户的灶间都设有“灶王爷”神位，每到腊月二十三日，都会大祭灶王爷，以保全家平安。祭拜灶王爷寄托了人们辟邪除灾、迎祥纳福的美好愿望。

古时候，一户姓张的人家有两兄弟，哥哥做泥水匠，弟弟当画师。哥哥的垒灶手艺远近闻名，人称“张灶王”。这个“张灶王”不仅手艺好，而且是个热心肠。每逢垒灶时遇到别人家发生纠纷，他都要上前规劝一番。他一生受人尊敬，活到七十岁，在腊月二十三日安然离世。

哪知，一家之主的“张灶王”刚去世，张家就乱作一团，几个儿媳妇平常就爱吵架，这会儿更是吵着要分家。当画师的弟弟虽已年过花甲，但因从前只知诗书绘画，从未打理过家事。现在面对千头万绪的家务事，他不禁整日愁眉苦脸。

终于有一天，画师想出了一个主意。就在他哥哥一周年忌日，也就是第二年腊月二十三日这天深夜，他将全家唤醒，大声嚷着“大哥显灵了”。

接着，一家老小迷迷糊糊地被画师带到了厨房。只见黑漆漆的灶壁上，摇曳着的烛光中若隐若现地显出“张灶王”和他已故妻子的容貌。

张家人都惊得目瞪口呆。画师不疾不徐地说：“之前我梦见大哥和大嫂，说他们都已成仙，玉帝还封他做了‘九天东厨司命灶王府君’。大家平素好吃懒做，妯娌不和，不敬不孝，闹得鸡犬不宁。这不，大哥因为你们闹分家非常气恼，准备上天禀告玉帝，年三十晚下界来惩罚你们……”听了这话，一大家子人吓得纷纷地跪地磕头，还取来“张灶王”平日爱吃的甜食供奉一番，恳求灶王爷饶恕。在这之后，吵吵闹闹的张家一下子又恢复了过去的和睦安宁。❶

❶此处画师借玉帝之名，埋怨了张家儿女的不和睦，表达了希望家庭和美的愿望。常言道，“家家有本难念的经”，即便是清官也难断家务事。古时人们把家庭和美的愿望寄托于神仙，希望通过神仙的责罚，起到警示作用。

至于灶王爷显灵一事，自然是画师一手编造的——他预先在灶台壁上画了灶王爷的样子。他不过是想借机吓唬儿女侄媳，还张家一个太平。事实证明，他成功了。画师于是将错就错，没有说出真相。

很快，祭拜灶王爷的事就在四邻八舍传开了。久而久之，腊月二十三日祭拜灶王爷，以保佑全家平安的习俗，就这样流传了下来。

日积月累

千头万绪　若隐若现　鸡犬不宁

延伸思考

1. 画师是如何让吵闹的张家回归和睦安宁的？
2. 关于灶王爷和祭拜灶王爷的习俗，你还了解多少？

智斗和珅

名师导读

清朝一代名臣刘墉（人称“刘罗锅”）出身于号称“天下第一家”的刘氏家族，民间流传有不少关于他智斗和珅的故事。下面这个故事主要通过对话描写，刻画了民间流传的刘大人、和大人的形象，语言幽默诙谐，有反讽意味。

这天，文武百官下了早朝，有着“智多星”之称的刘墉与和珅一前一后地走出了午门。

听到大街上小贩清脆的叫卖声，刘墉灵机一动，对和珅说：“和大人，今儿街上真热闹，去逛逛吗？”

和珅见天色还早，说：“愿和刘大人与民同乐。请！”说罢，他们到朝房换了便服，一同上了街。

忽然，一股香气扑鼻而来，刘墉瞅见路南馅饼锅前围满了食客，笑道：“嗬！这馅饼真香，咱们也去吃点。”

二人来到馅饼锅前，和珅抬头指着卖馅饼的老头儿，喊道：“喂！掌柜的，拿几个馅饼来！”

“来喽！”老头儿忙把几个馅饼端过来，转身刚要进屋，被刘墉一把拽住。

刘墉问道："哎，掌柜的，你说当朝的和大人好，还是刘大人好哇？"

卖馅饼的老头儿听了这话，袖子一甩，说："这是秃子头上的虱子——明摆着的事。刘大人清如水，明如镜，万民称颂！和珅那老小子，贪赃枉法，无恶不作，是个万人恨！"卖馅饼的老头儿显然不知道眼前这二位是谁，当着面把和珅骂了个狗血喷头。

和珅的脸气得啊，一会儿红，一会儿白，一会儿青。但是当着刘墉的面，他又不能说什么，憋了一肚子火。一个馅饼也没吃完，他站起身一甩袖子，气冲冲地走了。❶

刘墉见和珅走远了，仔细一思量："哎呀，闯大祸啦！我可走不得……"于是，他把卖馅饼的老头儿叫到一边，悄声说："掌柜的，

老夫有桩事，咱进屋说。”卖馅饼的老头儿和刘墉进了屋。刘墉说：“快脱下你身上的衣服，咱俩换换，我替你烙会儿馅饼……”

卖馅饼的老头儿不知道是怎么回事，但见眼前这人很不寻常，知道必有缘故，只好跟他换了衣服。刘墉换了油渍的衣衫，拿上铁铲，往馅饼锅前一坐，翻弄起馅饼来。

不一会儿工夫，和府里的家丁就像一窝黄蜂一样团团围住了馅饼锅。领头的走上前来二话不说，一把揪住刘墉的领子，命令家丁七手八脚地把他绑了起来，推推搡搡地带回了和府。

和珅听了班头的禀报，忙开了私堂，大吼一声：“真是无法无天，给我押上来！”话音未落，刘墉被推到了和珅跟前。

和珅仔细一瞅，失声叫道：“哎呀！怎么把您老人家给请来了？快给刘大人松绑！”

没想到刘墉把脸一沉，道：“慢！和大人，请问刘某犯了哪条王法？”

“唉！刘大人别提了，请您老高抬贵手，别跟小人一般见识，我给您松绑赔礼！”

“松绑？没那么简单！你私设公堂，无故绑架朝廷命官，咱们上殿面君，让万岁爷评评理！”

❶遭到市井百姓的奚落，权臣和珅有一肚子火，但当着刘墉的面不好发作。此处通过脸色变化描写和动作描写，写出了和珅怒火中烧；借卖馅饼老头儿的话，写出了民间对刘墉与和珅的总体印象。

“刘大人息怒！您说怎么办都行，可别上金殿呀！饶了我吧！”和珅苦苦求饶。

“和大人，你不愿上殿面君，那咱们就得私了喽。”

“刘大人开恩！您说怎么个私了法，我依您。”

“拿五百两银子的损失费，咱就了事！”

和珅“哑巴吃黄连——有苦说不出”，挨了骂，还得赔银子。

刘墉收下五百两银子，走出和府，转了几个弯，又悄悄地回到馅饼锅前。他把从和珅那儿得到的钱分了一部分给老人，以接济他的生活。❶

❶和珅私设公堂，误抓了刘墉，但刘墉摆出公事公办的姿态，逼得和珅最终答应了他的条件，私了了此事。刘墉既抢白了和珅，给了他下马威，又拿了银两接济了卖馅饼的老人，一举两得。和珅“哑巴吃黄连——有苦说不出”，此处运用歇后语，生动、形象。

日积月累

贪赃枉法　无恶不作　狗血喷头　无法无天

延伸思考

1. 你觉得本故事对刘墉与和珅两人的褒贬都有哪些？
2. 除了“哑巴吃黄连——有苦说不出”外，你还知道哪些歇后语？

巧骂盐商

名师导读

郑板桥是清代书画家、文学家，出身于书香门第，一生喜画兰、竹、石，善用题画诗针砭时弊，反映现实生活。他胸襟坦荡，为官时正派，去官后以卖画为生。他是“扬州八怪”的代表人物，其诗书画世称“三绝”。相传，他客居扬州等地时，当地土豪劣绅都想得到他的诗书画，偏偏他以“怪”自居，不与他们为伍。本文是一个又幽默又酸辣的故事，反讽了附庸风雅的盐商。

清朝的时候，扬州有个大盐商，叫姚有财，他靠投机倒把、缺斤短两发了财。他一心想得到郑板桥的画，却总是不能如愿。后来有人给他出了个主意，乐得他连连称赞。

阳春三月，郑板桥来到瘦西湖游玩。突然，他听到从远处的一所茅草屋里传出悠扬的古琴声。于是，郑板桥饶有兴趣地走进了茅草屋里，一位衣着整洁的老人起身相迎。

郑板桥环顾四周，见屋内环境雅致，便与老人攀谈了起来。

不一会儿，老人笑道：“我平生最喜欢吃红烧肉。先生如果有兴趣，就在我这里吃一顿红烧肉吧！”

郑板桥一听就高兴了，连声说：“好！好！好！”

美餐一顿之后，郑板桥画兴大发，当场挥毫作画送给老人。老人接过画，乐得合不拢嘴。

第二天，这位老人又在城里准备了一席宴，专门邀请郑板桥赴宴。

郑板桥来赴宴，通过别人介绍才知道，昨天那老人正是臭名昭著的奸商姚有财。❶

看着自己的画正挂在大厅的墙上，郑板桥不由得眉头一皱，感到非常懊悔。细思片刻后，他灵机一动说：“有画无诗无字，不成三绝。”说着，便摘下画幅，题诗道：

有钱难买一竹根，

财多不得绿花盆。

缺枝少叶没多笋，

德少休要充斯文。

写完后，郑板桥大笑着扬长而去。

姚有财也很高兴，这下自己不但有了郑板桥的画，还有了他的字、他的诗！等郑板桥走远了，姚有财才发现了诗中隐含的“有财缺德”四个字，原来是首藏头诗，顿时气得瘫倒在地。❷

❶郑板桥的字画名扬天下，不少土豪劣绅以拥有他的画为荣。郑板桥厌恶贪官奸商，没想到却被奸商姚有财耍了一把，中了计、画了画。读到这里，不禁让人遐想郑板桥的反应。此处激发阅读兴趣，引出下文。

❷此诗民间流传为郑板桥所作。通过藏头诗，反讽了像姚有财一样的无德暴发户。

日积月累

投机倒把　合不拢嘴　扬长而去

延伸思考

1. 姚有财为什么非要拿到郑板桥的画作？

2. 说说你从郑板桥身上学到了什么。

明察秋毫的法官

名师导读

一个人实施了偷窃的行为，无论如何掩饰，总会在言行举止中露出马脚，被法官逮个正着。下面的故事主要通过语言描写、动作描写和心理活动描写，刻画了明察秋毫的法官和无赖至极的小偷的形象。

河面波光粼粼，有个叫唐宗普珍的姑娘正在河边洗衣服，她把一对金戒指放在岸边的石头上。无赖小偷格桑趁她不注意，把金戒指偷走了。姑娘向法官报了案。

法官查问无赖格桑，格桑说："戒指是我死去的母亲送给我的。"

法官想了想，说："此案没有旁证，干脆你们一人拿走一个戒指算了。"

格桑想："这倒不错！一是顺从了法官，二是不付出什么代价就得到了一个金戒指，我没吃一点亏。"于是点头同意。

唐宗普珍想："不能平白无故地失去一个金戒指，就算是送给他，也讨不了一份人情。"于是她大声说："我不同意这样做，法官的判决不公平！"

法官说："好了，好了！现在证明金戒指是唐宗普珍姑娘的。因为那本是她的东西，所以她不想无缘无故地送给别人。格桑不花代价就能得到一个金戒指，所以他同意这样做。"就这样，法官根据姑娘和小偷的态度，判

断出了金戒指的主人是谁。❶

在另一个故事里，某国国王的二王妃怀了孕。大王妃知道后，心想："如果二王妃生个儿子，他将来势必会继承王位，我会在国王面前失宠的。"于是，她在肚子上缠了很多很多布，对国王说她也怀了孕。

九个月零十天后，二王妃生下一个漂亮的男孩儿。大王妃趁其不备，把孩子偷走了。她来到国王跟前说："我生了一个男孩儿。"

二王妃哭哭啼啼地嚷道："孩子不是你生的，是我的。"

两人争得不可开交，国王无法分辨，找法官来处理这件事。

法官说："你们俩抢这个孩子吧，谁抢到就是谁的。"

大王妃想："只要抢到孩子，我就胜利了。"于是用尽全力拉扯孩子。二王妃心疼孩子，不敢使劲拉扯，就松开了手。

法官说："好了！现在证明，孩子是二王妃生的。她不敢使劲拉扯，生怕伤了孩子，因为那是她身上掉下来的血肉。"❷

❶小偷格桑偷窃戒指，丝毫无悔改之心，无赖至极，对于法官的"判决"持支持态度，其实就是取不义之财。姑娘苦无旁证，法官的"判决"会让她丢掉一只戒指，她觉得不公平。法官洞察二人的心思，通过二人的态度抓到了真正的小偷。

❷法官同样通过观察和判断国王的大王妃和二王妃对待同一件事情的态度，抓到了真正的偷娃贼。

日积月累

平白无故　无缘无故　不可开交

延伸思考

1. 如果你是法官的话，你还有什么方法可以判断戒指真正的主人？
2. 如果你是法官的话，你还有什么方法可以判断孩子真正的母亲？

石人岭

名师导读

人人都知道西湖美如画，连西湖附近一个三丈多高的石人都舍不得离开。它一直屹立着，似乎在倾诉着什么故事。传说，在很久以前，杭州是一片干涸之地，那里的百姓为了找一点水愁得都睡不着觉。故事里的主人公水儿背负着爷爷的厚望，和小伙伴们一起到灵隐后山凿石壁、寻找清泉。这是关于西湖和石人岭的传说，也是一个勇于追求幸福生活的故事。

很早以前，杭州还是一片干涸之地，方圆几十里见不着一条小河，也找不到一条小溪。住在这里的老百姓，每天都要担着水桶到老远的地方去挑水。他们光为这一点点水就日夜发愁，从来没有过上开心的日子。

老一辈有人知道灵隐后山里有股清泉，因为被一道很厚的石壁挡住了流不出来。多少年来，有很多年轻人去过山上，想把那道石壁凿穿，可是都没有成功。慢慢地，知道的人也就少了。

后村有个小伙子名叫水儿，从小是跟着他的爷爷长大的。从六岁起，他就跟着爷爷一起去挑水，至今已经整整十五年了。

这一天，是水儿的生日，爷爷为他下了一大锅面，祖孙两个快快乐乐地过了一天。到了晚上，爷爷将水儿叫到面前，把灵隐后山那股清泉的事一五一十地告诉了他。水儿听了很高兴，他紧紧腰带，撸撸袖子，把平时几个要好的小伙伴叫来，大家商量着一道上山去凿石壁，一定要使这股清泉流进村来。爷爷见水儿这么有志气，高兴得掉下了眼泪。他连夜准备干粮，好让水儿他们第二天一早带着上山。

第二天，水儿他们一伙十个人，带着铁锤、凿子，准备上山。临走时，爷爷对小伙子们说：“你们去凿石壁，一定要一口气凿下去。如果停下来，它会长成原来的模样，那就白费劲了。还有，当石壁凿穿的时候，里面会有一股石浆喷出来，喷在身上会把人凝成石头的。你们千万要记住啊！”水儿他们一边答应，一边就上山去了。

他们到了山上，马上就动手凿石壁。凿呀，凿呀，从三月凿到五

月端午，凿子短了一截，双手都起了血泡了，那石壁还是没有凿通。有四个小伙子说：“也许是老爷爷记错地方了。这里哪有什么清泉！我们还是回去用水桶挑水吧！”说着他们就回去了。

剩下水儿他们六个，从五月端午又凿到八月中秋，凿子又短了一截，手上结满了厚茧，可是石壁仍然没有凿通。有两个小伙子说：“一口气凿到底，谁知道要凿到什么时候呀！家里也该回去看看啦！”说着说着也回去了。

秋天过去，冬天来了，山上雪落得有半人多深，西北风呼呼叫，刮在脸上像尖刀一般在刺人。水儿他们四个一口气也没松懈。凿呀，凿呀，一直凿到了第二年春天，杜鹃花开得红艳艳的时候，那石壁已经凿进去很深很深了。❶

这一天，水儿突然听见了石壁里边有汩汩的响声，他把耳朵贴近石壁一听，不由得惊叫起来：“啊！泉水！这是泉水流动的声音呀！”大家也都高兴得跳起来了。水儿回过头来向伙伴们说：“你们快点走开，石浆就要喷出来啦！”眼看泉水也要跟着流出来了，谁也舍不得离开那里。水儿见大家不肯走，急得大叫道：“你们再不跑开，我就停下不凿啦！”❷大家听他这么说，生怕他真的停下来，弄得前功尽弃，只得四散跑

❶秋去冬来又一春，此处景物描写写出了时间的匆匆而逝。主人公水儿等四人为了寻找泉水一直不停地凿石壁，即使寒冷的北风刮在脸上也全然不顾，红艳艳的杜鹃花也无暇欣赏。情景交融，表现了他们坚持不懈的精神。

❷此处主要通过语言描写刻画了善良勇敢的水儿的形象。

开。

这时，水儿打下最后一锤，只听得“轰隆隆”一声巨响，石浆喷了出来，把水儿凝成了一个三丈多高的石人！接着，一股清清的泉水，顺着山谷汩汩地流下来，流过村子，流到海滩边的一块洼地里，洼地被灌得满满的——这就是现在的西湖。

从此，这一片地方再也不愁没有水了。水儿凿过的那座山，后来就叫作“石人岭”。

日积月累

一五一十　前功尽弃

延伸思考

1. 你从水儿身上学到了什么？
2. 读了故事，你得出了什么结论？

三个和尚

名师导读

“三个和尚”的故事家喻户晓，故事围绕“一个和尚挑水吃，两个和尚抬水吃，三个和尚没水吃”来讲述，情节简单却蕴含了深刻的哲理。故事通过对话描写和心理活动描写展开，三个懒和尚互相推脱，都不乐意挑水，结果造成他们既没水喝，又没水扑灭庙里的大火，最终无家可归的下场。

从前有座山，山上有座庙，庙里只有一个小和尚。小和尚很勤快，整天一个人忙里忙外，还要到山脚下挑水，而且总是把水缸装得满满的。因为，如果他不干活就没人干了。

有一天，庙里来了一个大和尚。小和尚想：“这下可有人替我干活了！”他对大和尚说：“你到山下挑水去吧。”

大和尚觉得自己比小和尚要大，却要受他指使，心里不服气，于是不高兴地说：“我比你大，你怎么能指使我挑水呢？还是咱俩一起抬吧！”

小和尚心里虽然不情愿，但还是勉强地答应了。

就这样，两个和尚一起抬水吃，日子过得还可以。

又过了些日子，庙里又来了一个胖和尚。胖和尚好吃懒做，小和尚和大和尚对他都很有意见。可胖和尚却说：“有意见，你们也别干活呀！”

不做就不做，小和尚和大和尚也学起了胖和尚的样子，这下，庙里的事谁也不管了。下山打水，三个和尚你推我，我推你，最后大家都不去。水缸底儿朝了天，三个和尚宁可口渴，也没有谁愿意去打水。

庙里的老鼠渴得受不了，晚上就跑到大殿里偷喝油灯里的油。没想到老鼠碰倒了油灯，引起了大火。

三个和尚被大火惊醒，急急忙忙地去水缸里舀水灭火，可缸里一滴水也没有。他们只好拿起桶，到山下挑水。可是，路途太远，远水不救近火，庙被大火烧光啦。

三个可怜的懒和尚都成了无家可归的流浪汉。

日积月累

远水不救近火　无家可归

延伸思考

1. 为什么三个和尚没水喝？结合故事分析一下。
2. 读了故事，你得出了什么结论？

勤俭匾

名师导读

哥哥勤快，但不知节俭，挣一个花两个，入不敷出，越过越穷。弟弟节俭，但并不勤快，坐吃山空，日子也越过越穷。故事通过对分家的两兄弟的对比描写，说明了只有“勤”“俭”不分家，日子才会越过越好的道理。

从前有个老汉，他有两个儿子。他们整日辛勤劳动，生活俭朴，日子过得还不错。村里人特意送给老汉一块匾，上写“勤俭”二字，悬挂在老汉家大门上。老汉一直以这块匾为荣。

老汉死后，两个儿子闹分家，不仅把家产分成两半，就连家里大门上的匾也被锯成两半。哥哥扛走了“勤”字，弟弟拿走了“俭”字。

自此以后，哥哥每天都牢记一个“勤”字，拼命干活。但是他不知道节俭，挣一个花两个。弟弟呢，心里总想着“俭”字，天天省吃俭用，可就是不勤快。时间一长，兄弟俩的日子都越过越穷。

一天，哥哥家里实在揭不开锅了，于是到弟弟家借粮。不过看到弟弟家里的米缸也是底儿朝天，大人孩子都穿得破破烂烂，哥哥不由得叹着气说：“你家的日子比我还苦啊！”于是兄弟俩抱头痛哭。

这时，走来一个老头儿，他语重心长地对兄弟俩说：“过日子，谁都不能离开'勤'和'俭'，'勤'和'俭'分开了，再好的日子也会越过越穷啊！"

兄弟俩恍然大悟，明白了父亲以前的良苦用心。他们重新把"勤"字和"俭"字合在一起，两家也合成一家。他们又像以前那样，辛勤劳动，生活俭朴，很快又都过上了好日子。

日积月累

语重心长　良苦用心

延伸思考

1. 如何理解文中老头儿说的话？
2. 故事最后，兄弟俩到底明白了什么道理？

这样很公道

名师导读

张诚挖出来的一坛金子被他和李实推来推去，两人都不认领。县官都觉得惊奇，于是判两人各拿一半金子，结果两人还是不同意。由于故事里的张诚和李实不拿本不属于他们的东西，所以县官最后想了个法子，把金子当功德花出去了，大家都觉得这样很公道。

张诚和李实两人住在同一个村子里。有一天，张诚买了李实的一块地，准备盖房子。在挖地基时，他挖出了一坛金子。张诚是一个诚实的好人，从不说谎，也不做欺骗别人的事。于是他抱着金子去找李实，对他说："这块地原来是你的，这地里的金子也应该是你的。"

李实也不是一个见钱眼开的人，他说："那不行！这地已经卖给你了，所以从地里挖出来的东西就应该归你啊！"

两个人谁也说服不了对方，结果只得抱着金子去见县官。

县官听了，惊讶地说："我还从没有审过这样的案子呢！"他被两个人的行为所感动，于是让两人把这坛金子一分为二，一人一半。可两人还是不同意，坚持说不要别人的东西。县官只好暂时把这个案子搁置起来。

过了一年，县里需要钱修庙，县官想到了张诚、李实，就把他俩叫来说："现在修庙需要钱，你们干脆把这坛金子当功德捐出去，这不是两全其美的事吗？"

两人都觉得这样很公道。

日积月累

一分为二　两全其美

延伸思考

1. 县官判张诚和李实两人各拿一半金子，为什么他俩不同意？

2. 故事塑造了张诚和李实怎样的形象？

胖嫂回娘家

名师导读

这是一个流传于北方的民间笑话。故事里的胖嫂，粗心大意，差点把孩子弄丢了，幸好只是闹了一出笑话。故事虽短小却一波三折，让读者不由得一边跟随着胖嫂着急地寻找，一边纳闷：“胖嫂的孩子到底丢哪儿了？”故事通过幽默的想象嘲讽了胖嫂以及同她一样糊涂的人。

有个胖大嫂，粗心大意、糊里糊涂。一天晚上，她正拿一件外衣往睡觉的宝宝身上盖，忽然听到屋外有人叫她：“胖嫂，你妈来信了。”

胖嫂把外衣往枕头上一扔，就出门取信去了。拿着信没看几行，她就叫起来：“不好！妈妈生病了，病得很重，不能起床啦！”胖嫂扔下信，用外衣把“宝宝”一裹，抱起来就往外跑。

胖嫂跑着跑着迷了路，一下子跑到冬瓜地里，“扑通”一声被冬瓜绊了一跤，怀里的“宝宝”也不知扔到哪里了。她摸呀，找呀，正巧，那件外衣落在一个冬瓜上。胖嫂看也没看就抱起冬瓜，又匆匆地赶路了。

好不容易来到妈妈家，胖嫂却看见妈妈正在家里干活。她惊奇地问：“妈，你没得病呀？”

妈妈笑着说：“我信上不是告诉你了吗，得病后吃了药，又好啦！”原

来胖嫂没来得及看完信，就急着跑出来了。

胖嫂的妈妈说着，就去抱胖嫂怀里的宝宝。只听见胖嫂的妈妈一声惊叫："哎呀，你怎么抱个冬瓜来了！"

胖嫂一看，坏了！宝宝准是丢在冬瓜地里了。

妈妈陪着胖嫂来到冬瓜地里，摸呀，找呀，却找到一个大枕头。胖嫂看见枕头，一拍脑袋，说："啊，我肯定是把枕头当成宝宝了，宝宝一定还在家里呢！"

日积月累

粗心大意　糊里糊涂

延伸思考

1. 结合故事，分析一下胖嫂的性格特征。
2. 你觉得胖嫂回家后，会经历怎样一波三折的情节才能找到宝宝？

贴春联的故事

名师导读

春节，是我国重要的传统节日，而贴春联是中国民间长久流传的庆祝春节的习俗。在春节临近的时候，人们通常会在大门上贴上崭新的春联。红纸黑字，充满浓浓的墨香气息的春联，寄托着人们对新年的美好愿望。关于贴春联的故事，还得从桃符说起。

古时候，人们常将暗红色的桃木削成长方形的木板，在桃木板上写一些吉祥的话，放在大门两旁，以避邪除凶。这种桃木板叫桃符。❶

❶春联来源于桃符。此处交代桃符的作用。

五代十国时期，后蜀的一位君主名叫孟昶。有一年除夕，他下旨让翰林学士辛寅逊在桃木板上写两句吉利的话，然后放到自己卧房的门口，以此来讨一个新年的好兆头。

但辛寅逊书写完毕后，孟昶看了并不满意，于是他提起笔，亲自写了十个字："新年纳余庆，嘉节号长春。"字虽不多，可是这两句话显得非常吉利。"余庆"是余福的意思，意味着新的一年又接受了新的福气。

后半句的“长春”即春节，意味着温暖的春天将会永驻人间。这简单的十个字不仅对仗工整，而且巧妙地把“新春嘉（佳）节”四个字镶嵌在里面。

当孟昶书写完后，他身边的大臣们都连连称赞，孟昶自然也笑逐颜开。从此，桃符就逐渐演变成了对联。❶

“桃符”真正被称为“春联”是明代时候的事。据说，贴春联的习俗与朱元璋的提倡有关。朱元璋在定都南京后的那年春节，就下旨让全城的百姓家家贴春联，欢迎新年。为此，朱元璋还微服私访，观赏这其

❶此处是后蜀君主孟昶与春联的故事。据说，直到宋代，春联仍称“桃符”。后来，桃符才由桃木板改为纸张，叫“春贴纸”或“春联”。

❷此处是朱元璋和“贴春联”的故事。据说，贴春联的民俗起于宋代，盛行于明代，而“春联”的得名和推广，与朱元璋的提倡联系密切。

中的妙趣。

可就在他兴致勃勃地观赏各家春联的时候，突然发现一户人家的门上并没有张贴春联，于是他便走上前去询问其中的缘故。在询问中得知，这家主人是个阉猪的，不认识字，所以还没有来得及请人代写。朱元璋得知实情后，亲自挥笔写下一副春联。❷

从此之后，贴春联逐渐成了一种风俗。一到春节，家家户户门上都会贴上喜庆的红纸春联。

日积月累

笑逐颜开　兴致勃勃

延伸思考

1. 读了故事，说说“贴春联”的重要意义。

2. 你贴过春联吗？哪些春联给你留下了深刻印象？它们的寓意是什么？

贴“福”字的故事

名师导读

贴“福”字或倒贴“福”字，是民间由来已久的庆祝春节的习俗之一。每逢春节，人们通常会在门上、墙壁上、窗户上贴上“福”字，以表达对新年的美好祝愿，有时还会倒贴“福”字，以谐音寓意幸福倒（到）了、福气倒（到）了。下面来听听关于贴“福”字的故事。

相传，在很久很久以前，姜太公在分封诸神时，他的妻子也要求将自己封为神。这时，姜太公说：“自从你嫁给我以后，害得我受穷了一辈子，你觉得我还会封你为神吗？如果你一定要讨封的话，那我就封你为穷神吧！”

姜太公的妻子十分懊恼地说：“你将我封为穷神，想让我到什么地方去？”

姜太公回答说：“只要是有福的地方你不去就行了。”

后来，这件事被传开之后，百姓为了躲避穷神，便都在自家的大门上张贴“福”字以求富贵平安。❶

还有一种说法，春节贴“福”字起源于明朝。相传，有一年的腊月，明太祖朱元璋微服出访来到一个小镇。他看到一群人正在围观一幅描绘着一位赤脚女人抱一个大西瓜的图画。朱元璋看后，误以为这是镇上的人有意在取笑他的皇后马氏。于是，他回到宫后，就暗令军士前去调查那图画到底是出自谁手，还有哪些人曾去观看，并一一记下他们的名字和住址，并且还让军士在没有观看这幅画的人家门上贴上一个“福”字做标记。过了几天，他就让军士到没有贴“福”字的百姓家中抓人。

❶ 姜太公封妻子为穷神的传说不可考究，但它表达的是人们贴“福”字以求富贵平安的美好心愿。

从那以后，每逢春节，人们便会在门上贴一个“福”字，以寄托平安吉祥。❷

❷ 关于朱元璋和贴“福”字的故事虽然充满了杀戮气息，但春节贴“福”字讨吉利的习俗很美好。

当然，还有很多人家将“福”字倒贴。为什么有人将“福”字倒贴呢？相传，倒贴“福”字的习俗起源于清代恭亲王府。

有一年春节前夕，恭亲王府的大管家按照惯例派人将“福”字贴在大门上。可是，这些人中就有一个不识字的将“福”字贴倒了。恭亲王看后颇为气愤，想用鞭子惩戒下人一番。

这时，能言善辩的大管家赶紧跪在地上求饶，说："奴才经常听人说恭亲王寿比南山，如今福真的到（倒）了啊，这可是吉祥之兆啊！"

恭亲王听后喜笑颜开，觉得他说得合情合理，并重赏了管家和家丁们。❶

从此，每逢过春节的时候，王府的人就故意将"福"字倒贴。久而久之，这个做法便流向了民间，百姓纷纷效仿，以图吉利。

❶因为倒贴"福"字惹来恭亲王大怒，恭亲王府的大管家为了逃避责罚，运用谐音聪明应对，化险为夷。"福"倒（到）了，寓意很美好。

日积月累

寿比南山　喜笑颜开　合情合理

延伸思考

1. 除了贴"福"字，你还知道哪些庆祝春节的习俗？
2. 你还知道哪些有趣的谐音？

元宵节燃灯的故事

名师导读

每年正月十五日的夜晚是农历一年当中第一个月圆之夜。正月是农历的元月，古人将夜称为“宵”，所以将正月十五日称为“元宵节”，又称为“上元节”“灯节”。按照我国民间的传统习俗，人们通常会在这皓月高悬的夜晚出门赏月、燃放烟火、猜灯谜、吃元宵等，共享合家团聚、同庆佳节的喜悦。这个已有两千多年历史的传统节日，关于它的故事流传已久，这里说说元宵节燃灯的故事。

相传很久很久以前，凶禽猛兽数量繁多，而且还会四处伤害人和牲畜。人们为了生存，不得不与它们作抗争。这时，有一只仙鸟迷路降落到凡间，却被猎人误射死了。

天帝知道实情后怒发冲冠，于是立即下令，让天兵在正月十五日这一天到人间放火，把人间的人畜、财产通通烧掉。天帝的女儿心地善良，她不忍心看到黎民百姓无辜受难，于是就冒着生命危险，偷偷来到人间，把这个消息告诉了百姓。

百姓听到这个消息后，就像头上响了一个焦雷，惊吓得不知所措。过了好长时间，一个年迈的老人说道：“在正月十四日、十五日、十六日这三天，我们每家每户都在家里点上灯笼、点响爆竹。这样做，天帝就会误以为咱们都被烧死了。”

大家听后纷纷点头称赞，然后各自散去做准备。到了正月十五日这一天晚上，天帝往下一看，发现人间一片红光，响声震天，连续三个夜晚都是这般景象，他便以为这是大火燃烧的火焰。

就这样，百姓算是保住了自己的性命和财产。而百姓为了纪念这次的成功，从此以后的正月十五日，家家都会挂上灯笼、燃放烟火纪念这个特殊的日子。❶

到了东汉明帝时期，时兴正月十五日赏灯。那时汉明帝倡导佛教，听说佛教有正月十五日僧人观佛舍利、点灯敬佛的说法，就下令在这一天夜晚，皇宫和

❶ 流传于民间的神话传说，叙述了古人正月十五日挂灯笼、燃放烟火的由来，描述了正月十五日民间一派热闹景象。

❷ 此处通过历史记载，可见元宵节燃灯的历史源远流长，与佛教紧密相关。

寺庙里都要点灯敬佛，下令士族和百姓也要挂灯。从此，这种佛教礼仪的节日逐渐演变成了民间盛大的节日，从中原发展到了全国。❷

唐代，人们对元宵节加倍重视，而在元宵节燃灯更是成了一种习俗。经过历朝历代的传承、变迁，节日灯的样式越来越丰富，而且灯的名目也越来越多。

日积月累

怒发冲冠　不知所措

延伸思考

1. 除了燃放烟火、赏灯等，你还听说过哪些关于元宵节的习俗？
2. 你还听说过哪些关于元宵节的故事？

粽子的由来

名师导读

每年的农历五月初五日，是我国的传统节日——端午节。端午节起始于我国的春秋战国时期，至今已有两千多年历史。每到端午节，人们通常会浸糯米、洗粽叶、包粽子。端午节吃粽子是我国端午节的一项传统习俗。说起端午节吃粽子，不得不提战国时期的楚国爱国诗人屈原，他因国破家亡而抱石投汨罗江的故事感人至深，他还写下了《离骚》《天问》《九歌》等不朽诗篇。人们在端午节吃粽子、划龙舟时，总会想起他伟大的爱国情操。

屈原投江以后，楚国的百姓非常怀念他。为了悼念这位伟大的爱国诗人，每逢五月初五日端午节这一天，大家都驾着船，带着饭，划到汨罗江上，把饭投入江里祭祀屈原。

就这样，一年、两年过去了。不料一天晚上，人们忽然梦见屈原来了。他头上戴着高高的帽子，腰间挂着一柄长长的宝剑，身上还佩戴着一些珍珠和美玉，脸上的神情有几分忧戚。看见屈原，大家都很高兴，一一上前向他行礼。

屈原对大家说：“乡亲们，你们对我的好意我心领了，屈原对你们非常感激。”

大家见屈原骨瘦如柴，就关心地问他：“三闾大夫，我们送给您的米饭，您都吃到了没有？”

“谢谢你们！”屈原感激地说。可是，他接着又叹了一口气，说：“你们送给我的米饭，都被鱼虾蟹蚌等水族吃了。”

大家听了顿时义愤填膺，说：“那是送给您的，不能让它们吃呀！”

屈原苦笑了一下，接着说：“我也不能和它们争着吃啊！”

大家就问：“要怎样做才能使米饭不至于被水族吃掉呢？”

屈原说：“如果你们用淡竹叶包饭，做成有尖角的角黍，水族见了，就以为是菱角，也许就不会吃了。”

第二年端午节，人们照着屈原的话做了。可是，端午节过后，屈原又托给人们一个梦，说：“谢谢你们送给我的角黍，我吃到了一些，可是大部分仍然被水族吃了。”

人们又问他：“那还有其他办法吗？”

屈原说：“有，你们在用船送角黍的时候，可以把船装扮成龙的样子。

因为水族都属龙王管，它们看见饭是龙王送来的，就一粒也不敢吃了。”

从此以后，人们年年就照着样子去做。于是，就有了端午节吃粽子、划龙舟的风俗。

日积月累

骨瘦如柴　义愤填膺

延伸思考

1. 你读过哪些屈原写的诗歌？
2. 关于端午节，你还知道哪些故事？说来听听。

赶鸟节的传说

名师导读

每年农历二月初一是瑶族赶鸟节。每到这一天，方圆五六十里内山寨的男女青年就聚集在山头上，通过对唱山歌、情歌、猜字歌等，表情达意。老年人则在家连夜舂出糯米粑粑，捏在竹枝上，插在神坛边或堂屋里，让鸟雀啄食，黏住嘴壳，据说这样鸟雀就不会糟蹋五谷，以此祈祷辛苦一年能有好收成。下面来听听关于瑶族赶鸟节的传说。

每年二月初一，是瑶族人的赶鸟节。

相传，在很久很久以前，江华山区，绿树成荫，很适宜鸟雀繁衍生息。以五谷为食的山雀、野鸡、斑鸠等熬过了严冬，看到山桃花开了，扇动翅膀，飞上天空，停在高枝上，看到人来了，就唱起欢乐的歌；看到人们手里金灿灿的苞谷籽，一把把，一串串，撒进了肥沃的山土里，它们唱得更欢了，邀集伙伴，快来“会餐”！

就这样，它们往往成群结队，仿佛乌云遮日，就像黑幕压地。耕山人一走，它们就巧妙地试探“稻草人”，飞落坡地，用尖利的嘴巴不停地啄。不一会儿，山土就被糟蹋得不成样子了。

鸟害成了耕山人的一块心病。山地里没有了收成，官府的钱水粮流也枯竭了。皇上发了慌，忙下圣旨："谁治住了鸟害，赏林九架岭，免税九年。"

圣旨传下来之后，山主、耕山人都想起了办法。

盘云寨有个盘英姑，很爱唱歌。耕山人听了她的歌，口里像融了一块蜜。她向着山泉唱，山泉都停止了流淌；她向着山林唱，鸟雀们都羞得不敢开口，盘英姑的歌停了，鸟雀们还久久不肯离开。❶

❶此处运用排比、通感、夸张、拟人的修辞手法，形象地描述了盘英姑的歌声之美，富有画面感。歌声绕耳，优美到"口里像融了一块蜜"，这是通感；歌声优美到山泉都停止流淌，这是夸张；鸟雀居然有羞涩状，这是拟人；而排比句的运用，情景交融，画面壮观。

耕山人想，盘英姑一定有赶鸟的办法。于是，盘云寨的男男女女都来到盘英姑的木楼，跟她学起了唱歌，并商量把歌传到九十九寨的耕山人中间去，约定明年正月的最后一天，下种以前，把鸟雀从九山引开，赶到没有阳春作物的白头山去。

正月最后一天到了，就要种早苞谷了。这天清早，九十九寨的耕山人，唱着歌聚集于寨头。鸟雀也真的追着歌声，跟着人们，飞往了白头山。

这天，白头山上人多，鸟也多。

晴天，鸟雀飞成排，为歌唱者遮日晒；雨天，鸟雀飞成队，为唱歌人挡风雨。耕山人从清晨唱到黄昏，鸟雀真的忘了飞回山林，累了，就落在岩石上。人们悄悄地离去。到第二天，鸟雀们飞到云头寻找歌声，它们围着白头山飞，好像山头有听不完的歌声。

这样，鸟雀们在白头山待了半年。等到它们醒来，坡地上只剩了稻谷杆子，耕山人早把粮食收进了寨门。

日积月累

绿树成荫　成群结队

延伸思考

1. 故事表达了什么中心思想？
2. 请用“通感”的修辞手法造句。

泼水节的由来

名师导读

泼水节是傣族最隆重的节日。每逢泼水节，傣族男女老少穿上节日盛装，挑着清水，先到佛寺浴佛，再拿着采集的花叶沾水，互相泼水嬉戏，场面热闹非凡。泼起的一朵朵水花，象征着吉祥、幸福、健康。关于泼水节的由来，傣族民间流传着十二个姑娘除掉火魔的故事。十二个姑娘聪明而勇敢，她们除掉了独霸一方的火魔，造福百姓。傣族人们为了纪念她们，互相泼水以表祝福。故事充满魔幻色彩。

很早以前，有一个凶恶残暴的魔王，他的法术高明，本领高强，水淹不死，火烧不亡，弓、剑、刀、矛也不能伤害他。他独霸一方，想怎么样就怎么样，非常猖狂。他常常外出抢掠金银财宝和奴隶。人人受到祸害，可谁也不敢反抗。

他抢来了十一个姑娘，让她们做自己的妻子。姑娘们恨死他了，但又都拿他没有办法。后来，他又抢来一个姑娘，做他的第十二个妻子。这个姑娘长得特别漂亮，而且非常聪明，魔王很喜欢她。她心里虽然同样痛恨着魔王，表面却不露声色，反而对他特别好。

一天夜里，她趁魔王高兴的时候，试探着问他："大王，听说你本事大极了，水火刀剑一样也不能伤害你，你可以永远活在世上。这多么幸福，多么美好啊！”

“可是我也有短处呢。”魔王听了姑娘的甜言蜜语，高兴得忘乎所以，无意中泄露了自己的致命之处。

“你有这么大的本事，还怕什么呢？”姑娘趁机进一步试探。

“这——我只告诉你一个人，千万不准说出去呀！”魔王贴着她的耳朵，悄悄地说，“世界上只有一个办法能对付我，就是拔下我的一根头发，用它勒我的脖子。”

姑娘心里暗暗地欢喜，但还是不十分相信。等魔王渐渐地睡熟了，她轻轻地从他头上拔下一根头发，试着往他脖子上一勒，结果魔王的头立刻咕噜噜地滚到了床下。魔王就这样死了。❶

另外十一个姑娘和老百姓们听说魔王死了，都高兴得不得了，因为从此他们就可以不再受他的糟蹋和迫害，就可以自由快乐地生活了。❷

十二个姑娘想把魔王的头用火烧掉，但是火一碰到头便到处飞起了烈

❶魔王穷凶极恶，独霸一方，没人敢反抗，连抢来的十一个姑娘都怕他。但第十二个姑娘运用自己的聪明才智，找到了魔王的弱点。魔王一疏忽，就被第十二个姑娘给勒掉了脑袋。

❷此处是另外十一个姑娘和老百姓的心理活动描写，从侧面反映了魔王的穷凶极恶。

焰；她们又把它埋在地下，不料地面上却散发出极其难闻的臭味；她们再把它抛到河里，河水马上滚沸成灾。看见不管怎么做都会造成灾难，十二个姑娘只好强忍着烈火灼身的痛，轮流把魔王的头抱在自己的怀里。她们每天轮换一次，轮换时用水泼一次魔王的头。

傣族人民感谢姑娘们为他们除掉了祸害，就帮着十二个姑娘泼水。姑娘们所在地方的一天等于人间的一年，所以每年清明节后的第七天，人们就给她们泼一次水，而这一天，就变成了泼水节，代代相传，直到今天。

日积月累

不露声色　甜言蜜语　忘乎所以

延伸思考

1. 结合故事，说说魔王可恶在哪儿。

2. 十二个姑娘是如何除掉魔王的？

药 泉

名师导读

这是关于五大连池药泉的传说。阿美其格不忍心青年牧民嘎拉桑白音被牧主毒打，她带上受伤的嘎拉桑白音，骑马逃离了牧主。他们来到一个泉水边，发现了能医治百病的药泉。故事情节跌宕起伏，塑造了追求自由、热爱生命的阿美其格和嘎拉桑白音的美好形象，而医治百病的药泉，就是大自然馈赠给善良的人最美好的礼物。

五大连池西南面，有个药泉山。山脚下有好几个泉，能治百病，其中有洗眼泉、洗伤泉，还有供人们喝的药泉。是谁最先知道这里的泉水能治病的呢？这里有个动人的传说。

很早以前，这里住着一个叫嘎拉桑白音的青年牧民。他在偷偷地逃离牧主的牢笼后，又被抓住了，被吊在马棚里打得遍体鳞伤。但是倔强的嘎拉桑白音不求饶也不呻吟，心里深埋着怒火和仇恨。

牧主有个家奴叫阿美其格，她是个善良、淳朴的姑娘。她和嘎拉桑白音很早就偷偷地相爱了。牧主毒打嘎拉桑白音时，阿美其格在一旁很难过，皮鞭就像抽打在她心上一样。可是，她也无能为力。她不敢哭，她知道哭没有用，要紧的是怎样搭救嘎拉桑白音。

太阳偏西，牧主打累了，看看嘎拉桑白音已经半死，便放下鞭子回屋去喝酒吃肉了。马棚里静静的，没有人看守。阿美其格悄悄地来到马棚里，牵出一匹快马，把嘎拉桑白音悄悄地从门梁上放下来，驮在马上。她紧紧地抱着嘎拉桑白音，打马闯出马棚。

马蹄声惊动了牧主的猎狗，“汪汪”的狗叫声随之响起。牧主到马棚一看，嘎拉桑白音没了，就知道是被人救走了。阿美其格在前面飞跑，牧主在后边紧追。追了好一会儿，牧主就是追不上。这时，他就从马鞍下抽出一支毒箭，拉开铁弓，一抖手射向阿美其格。这箭射中了阿美其格的左腿，鲜血一下涌了出来。阿美其格咬紧牙，一手紧紧地抱住嘎拉桑白音，一手拼命地打马。那马像流星一般，不一会儿就窜进树林，拐了个弯，把牧主甩掉了。牧主追不到阿美其格，只好垂头丧气地回去了。❶

阿美其格整整跑了一夜，已经筋疲力尽了。这时毒性发作，她失去了知觉，和嘎拉桑白音一起掉下马来。

早晨的露水渍醒了嘎拉桑白音，他感到浑身疼痛，动弹不得。他看见了身旁的阿美其格，这时她已经不省人事。嘎拉桑白音急忙拔出毒箭，用嘴吮吸着她的伤口，想把箭毒从阿美其格的腿里都吸出来，救活她。

❶青年牧民被毒打，阿美其格决定救他，选择反抗牧主。通过飞马逃命、牧主追杀的场面描写，读者的心不由得随着人物的命运而波动。马蹄声声、飞马逃命，这是阿美其格对生命和自由的渴望。

❷动作描写和心理活动描写。嘎拉桑白音醒了过来，救他一命的阿美其格却因中了毒箭晕了过去，轮到他照顾阿美其格。他们都受了伤，这下该怎么办？激发阅读兴趣，引起下文。

❸此处描述了一幅神奇的画面。受伤的小鹿从一个水坑跑到另一个泉边，神奇的水竟然治愈了它！这是多么超现实的想象！

但是阿美其格还是没有醒来。嘎拉桑白音觉得心里火辣辣的，渴得要命，心想："若是有口水喝该多好啊！" ❷

这时，日头从东方升起，照得山里亮堂堂的，什么都看清楚了。嘎拉桑白音一眼瞅见从半山腰蹦下一只小鹿。小鹿不知被什么野兽咬伤，后腿血淋淋的，走路一瘸一拐十分吃力。小鹿来到不远处的一个水坑里，跳进去就洗起来。一会儿，小鹿从水坑里蹦出来了。真怪，它受伤的腿全好了！小鹿蹦蹦跳跳地跑到另一个泉水边喝了几口水，然后撒个欢儿，跑掉了。❸

嘎拉桑白音见到这景象，便把阿美其格抱到怀里，艰难地来到水坑边。只见这水坑有几丈宽，水色洁白，像开锅一样翻着花儿。他撕开阿美其格的裤脚，用手捧起坑里的水，给她轻轻地洗伤口。不一会儿，阿美其格就清醒过来能说话了，伤口也愈合了。嘎拉桑白音又惊又喜，自己也跳进坑

里去洗。一会儿工夫，他浑身的鞭伤也全好了。

他俩一起来到小鹿喝水的地方，一看是眼泉水，泉水清清亮亮，从泉水底下还一串串地冒着气泡。泉水喝进嘴里，又甘甜又爽口，还有股药味。他俩喝上几口，顿觉心里舒畅，浑身有劲。这可是天然的药水泉哪！

为了记住这个地方，嘎拉桑白音和阿美其格在泉旁边，用碎石堆起一个小石头堆。嘎拉桑白音还用箭头画了个小鹿跑出药泉的记号。画完后，他俩便骑上马到各个牧场告诉牧民，让大家都到这儿来用泉水治病。从此，药泉的名声就传开了。

阿美其格和嘎拉桑白音得救是在五月，后来人们就在五月举办药泉会。每年五月，远近的牧民都会赶着大棚车前来赴会，一住就是一个多月。他们每天喝完泉水就唱歌、跳舞，庆祝上天恩赐的宝泉。

日积月累

遍体鳞伤　垂头丧气　筋疲力尽

延伸思考

1. 结合故事，分析一下阿美其格的性格特征。
2. 嘎拉桑白音和阿美其格把发现药泉的秘密告诉了牧民，为什么？

石 匠

名师导读

这里讲述的是一个石匠的故事。石匠本来一身本事，可惜他贪财，想享清福，不乐意做个勤劳的劳动者。他曾经救过一个仙人，仙人圆了他所有的梦想，他想变成谁就变成谁，想变成什么就变成什么。财主、大官、壮族人、太阳、乌云、大风、石头，石匠逐个过了一遍瘾，他就想当个强者，害怕被欺负，可是当了强者后又心术不正，欺负弱者。仙人最后把他变回了石匠。故事趣味性十足，但故事里的主人公石匠的心理活动一定不包括“有趣”二字。

古时候，壮族人住的地方有一个石匠。他手艺很好，在当地很有名。一天晚上，石匠在回家的路上救了一位受伤的老翁。老翁是个仙人，不小心受了伤。仙人对石匠心存感激，总想寻找机会报答他。

一天，财主请石匠去凿石。石匠到了财主家里，看见财主住的是高宅大院，穿的是绫罗绸缎，吃的是山珍海味，还有许多用人侍候，心里十分羡慕。从此，石匠就放下活儿不干了，天天幻想变成一个财主。❶

❶石匠有一身本事，却不如财主有钱，他不乐意当勤劳的石匠，他想当有人伺候的大老爷。此处心理活动描写写出了石匠的心思。

后来，这件事情被仙人知道了，仙人就成全他，把他变成了财主。石匠高兴得不得了。

过了一些日子，这个地方来了一个大官。大官坐着轿子，许多当差的前呼后拥、敲锣打鼓，在大街上耀武扬威地走着。大官走到哪里，哪里的人就打躬作揖让开一条路。当大官恰好走过石匠家门口时，石匠觉得自己是个了不起的财主，没把大官放在眼里，他想："官有跟班前呼后拥，我有用人左右服侍，我俩差不多嘛！我为什么要奉承他？"于是，他没有向大官打躬作揖。

大官见他如此无礼，便怒气冲冲地叫当差的把他捆了起来，打了三百板子，还罚了他三百两银子。打完之后，大官扬长而去。

石匠从地上爬起来，叹着气说："做一个大官比当财主强得多了！"从此以后，他发誓再也不当财主了，天天幻想着怎样变成一个大官。❶

这件事情又让仙人知道了，于是仙人又把他变成了一个大官。这下石匠得意忘形了。他学着那个大官的样儿，为非作歹，老百姓恨死他了。

有一天，他带了一伙当差的路过一个山冈，正好遇见几个壮族姑娘。他们学虎豹叫声，吓得姑娘们四处乱跑受了伤。忽然间，漫山遍野出现了许多壮族人，

❶又被打又被罚钱的石匠终于意识到，有钱的财主居然还会被欺负，还是当大官有威严。此处通过心理活动描写道出了石匠的心声。

❷景物描写和心理活动描写。当了大官的石匠心术不正、为非作歹，被壮族人教训了一番，他就一门心思认为，当壮族人最厉害。结果，当了壮族人的石匠天天面朝土、背朝天，天天被日晒，他很讨厌太阳，但又觉得太阳厉害。

❸仙人终于如石匠所愿，把他变成了厉害的太阳。结果，一朵乌云遮了下太阳，石匠就很恼火，他觉得乌云厉害。

他们提着刀、斧、锄头，一齐喊着“打呀！杀呀！”围了上来。他们把石匠捉住，带到村里，狠狠地打了他一顿，才放走了他。

从此，这石匠就非常害怕山里那些壮族人，再也不敢为非作歹了。他想：“大官算是很厉害了，可是比起壮族人来还差得远呢！”于是他就咒骂着再也不做大官了，天天幻想着当一个壮族人。

这件事又让仙人知道了，仙人又帮助他实现了这个愿望。石匠乐得眉开眼笑。

石匠成为壮族人以后，和壮族人结伴在一起，天天到山坡上去劳作，从早到晚忙个不停。那时正值夏天，头顶的太阳像火一般，晒得他口干舌燥，头晕眼花，热辣辣地让他十分难受。鸟兽都躲到深山里不敢出来，水牛整天躺在水里不敢上岸，只有绿油油的禾苗像壮族人一样顽强地忍受着太阳炙烤。于是，石匠又觉得太阳比一切都厉害，因此他又天天幻想着变成一个太阳。❷

仙人知道了，让他变成了一个太阳，挂在天上，每天东升西落，向四面八方放射出热辣辣的光，晒得人人害怕。可是有一天，西边飘来了一朵乌云，厚厚的乌云把太阳遮住了。石匠很恼火，说：“太阳够厉害了，谁知道比乌云还差得那么多！”❸

这样，他又天天幻想着变成一朵乌云。

仙人又满足了他的要求，让他变成一朵乌云，在蓝色的天空中自由自在地飘着。但忽然间，一阵大风吹来，立刻把那朵乌云吹得七零八落。石匠很伤心地说：“哎哟，风这么厉害，吹得我躲都没有地方躲。我不愿再做乌云了，我要变成一股大风。”

仙人又让他变成一股大风。

他如愿变成了大风，就到处狂吹，吹断了许多树木，刮倒了许多房子，这风可真是凶猛极了。

大风以为没有自己吹不动的东西。可有一天，大风吹到一块石头跟前就被挡住了，怎么吹也吹不动那块石头。

石匠就想：“风什么都吹得倒，可是吹不动石头，我看变成一块大石头就最好不过了。”

仙人马上又让他变成一块坚硬的石头，放在大山顶上。这下谁也欺负不了他啦。

过了一些时候，来了几个凿石头的人，他们爬上山顶，看见那块石头又大又光滑，动手就凿。石匠急得要命，立刻求仙人救他。于是仙人语重心长地对他说：“你还是做一个石匠好了。”说罢，让他重新变成了一个石匠。

经过这番折腾，石匠再也不敢胡思乱想了，一天到晚勤勤恳恳、安安心心地凿石，凿得比以前更快更好，请他凿石的人也比以前多了。于是，他成了一个人人尊敬的石匠。❷

❷绕了一大圈，石匠当了无数个厉害角色，总是觉得自己不够厉害，就怕被欺负，可换了新角色后他又总是欺负弱者。折腾到最后，仙人把他变回了他本来讨厌的石匠。故事最后，他改过自新，成了一个被人尊敬的石匠。

日积月累

前呼后拥　得意忘形　七零八落　胡思乱想

延伸思考

1. 结合故事，说说石匠在你心中的印象。
2. 如果你也遇见了仙人，他能实现你的所有梦想，那么你最大的梦想是什么？

沐浴节的由来

名师导读

藏族沐浴节具有八百多年的悠久历史。每当夏末秋初，藏历七月时，高原风和日丽，金星高挂。金星出现的七天，藏族人民定为沐浴节。传说金星是草原“药王”宇托医生所变，它守护着宇托生前所爱的草原和牧民。在它的照射下，河水变成药水，人们在河水中沐浴，能洗尽一身铅华和疾病。

每到夏末秋初的晚上，拉萨东南方向的天空，会出现一颗十分明亮的星星。这时，藏族人民就开始了一年一度的沐浴节。传说那颗星星只出现七个晚上。

为什么人们把星星出现的这七天定为沐浴节呢?

很久很久以前，草原上有一个很有名的医生，妇孺皆知，他的名字叫宇托·云旦贡布。他的医术十分高明，什么疑难杂症都能治。赞普赤松德赞请他去做御医，专给自己和妻子治病。但是，宇托进宫以后，心中仍旧忘不了草原上的百姓。他经常借外出采药的机会，给百姓治病。

有一年，可怕的瘟疫流行起来，许多牧民卧床不起，有的被夺去了生命。这时，宇托奔波在辽阔的草原上，为一家家患病的牧民治病。他从雪山和老林里采来各种草药，谁吃了病都会好起来。许多濒临死亡的病人，在他的治疗下，恢复了健康。

草原上到处传颂着宇托医生的名字，人们称他为“药王”。不幸的是，后来宇托医生去世了。

他去世以后，草原上又遭受了可怕的瘟疫，甚至比前一次更严重，许多人都死了。生命垂危的牧民只好跪在地上，向苍天祈祷，希望上天保佑。

说来也巧，一天，一个被病魔折磨得痛不欲生的妇女，突然做了一个梦，梦中宇托医生对她说：“明天晚上，当东南天空出现一颗明亮的星星的时候，你可以到吉曲河里去洗澡，洗完澡后病就会好起来了。”果然，这个妇女在吉曲河中洗完澡后，从一个又黄又瘦的病人，变成了一个红光满面的健康人。❶

❶被病魔折腾得痛不欲生的妇女，在昏昏沉沉的睡梦里，想念着宇托医生，希望他能给自己带来健康。此处通过对话描写、超现实的想象和情节，写出了瘟疫的可怕，而生病妇女的痊愈，反映了人们对于健康的期盼。

这件神奇的事情传开以后，所有的病人都来到河中洗澡。凡是洗完澡的病人，果然都祛除了疾病，恢复了健康。

人们都说，这颗奇特的星星是宇托医生变的。宇托医生在天国看到草原人民又遭受瘟疫袭击，他无法来到人间给他们治病，于是把自己化作一颗星星，借着星光把河水变成药水，让人们在河水中得以祛除疾病。这颗星星只出现七天。❶

❶超现实的想象和情节，可见宇托医生热爱草原和牧民，而人们对于健康充满了向往。

从此，藏族人民就把这七天定为沐浴节，各地的牧民们，每年这个时间，都到附近的河水里洗澡。据说洗完澡后，人就会身心健康，不生疾病。

日积月累

妇孺皆知　痛不欲生

延伸思考

1. 结合故事，说说宇托医生是个怎样的人。
2. 读了故事，描述一下你印象中的草原景色。